ごんげん長屋
つれづれ帖【四】

迎え提灯

金子成人

JN054426

双葉文庫

目次

第一話　貧乏神　9
第二話　竹町河岸通《たけちようがしどお》り　74
第三話　法螺《ほらふ》吹き男　140
第四話　迎《むか》え提灯《ちようちん》　210

ごんげん長屋・見取り図と住人

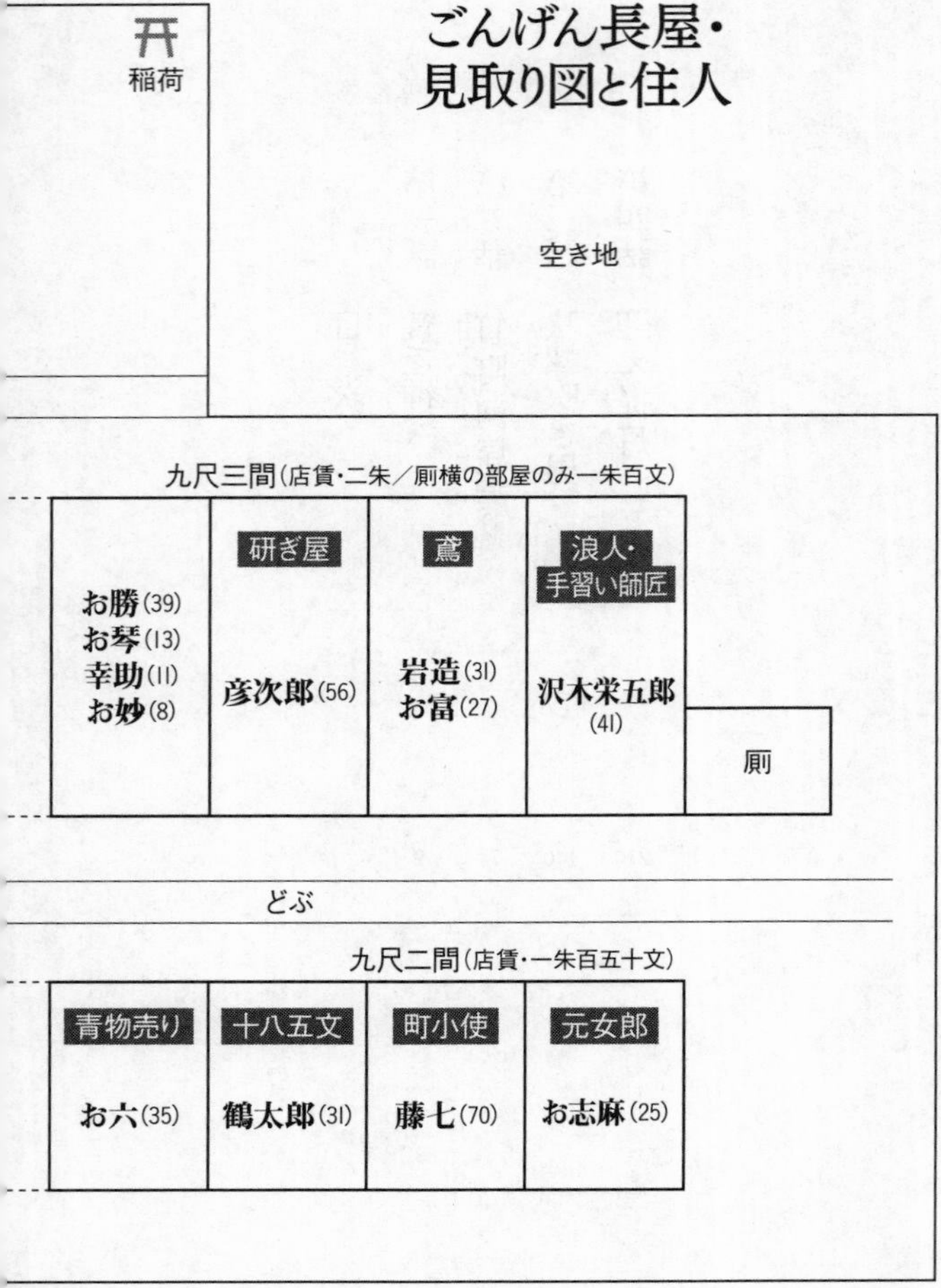
稲荷
空き地
九尺三間(店賃・二朱/厠横の部屋のみ一朱百文)
お勝(39)
お琴(13)
幸助(11)
お妙(8)
研ぎ屋
彦次郎(56)
鳶
岩造(31)
お富(27)
浪人・手習い師匠
沢木栄五郎(41)
厠
どぶ
九尺二間(店賃・一朱百五十文)
青物売り
お六(35)
十八五文
鶴太郎(31)
町小使
藤七(70)
元女郎
お志麻(25)

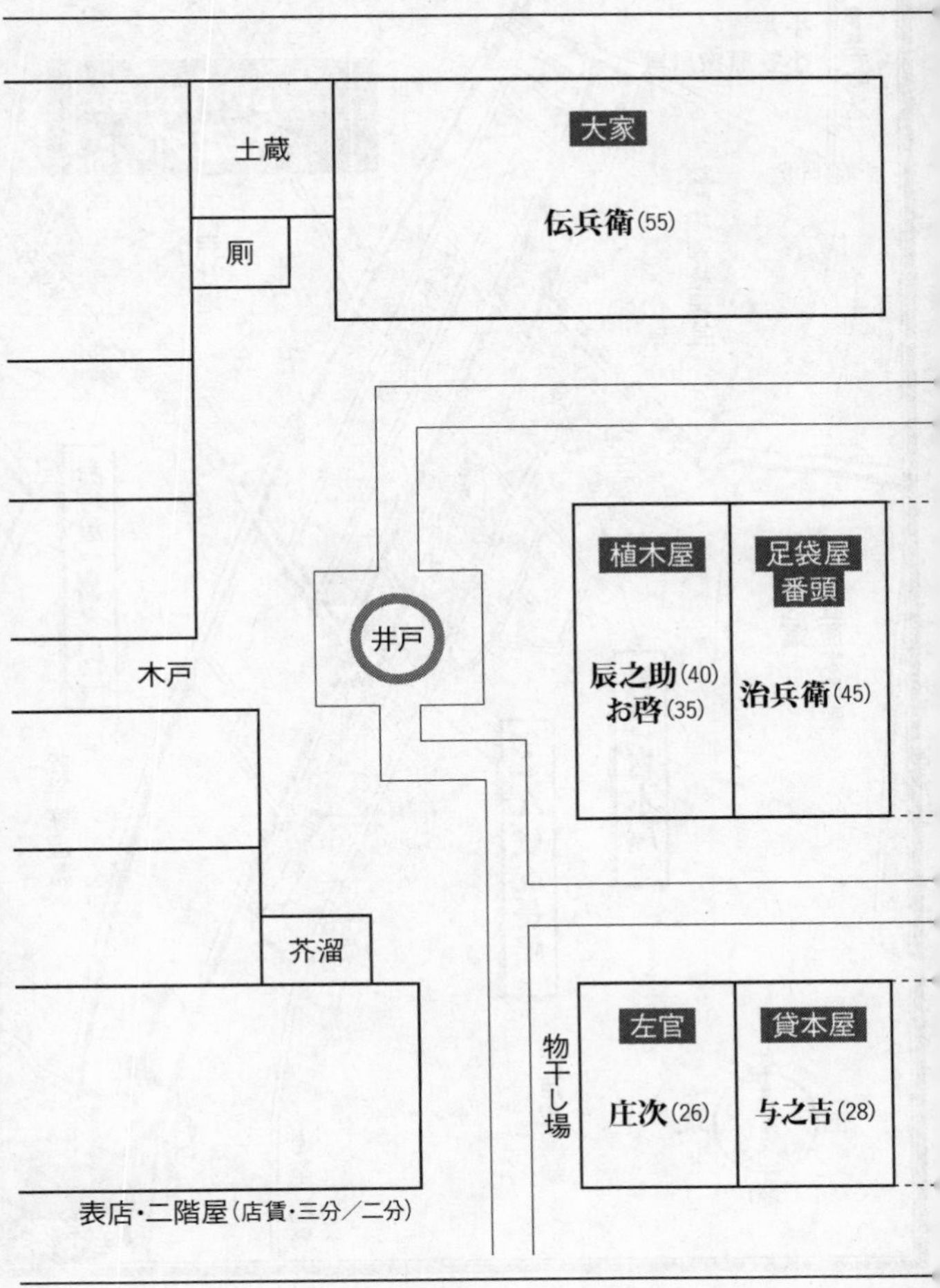
大家
伝兵衛(55)
土蔵
厠
井戸
木戸
植木屋
辰之助(40)
お啓(35)
足袋屋番頭
治兵衛(45)
芥溜
物干し場
左官
庄次(26)
貸本屋
与之吉(28)
表店・二階屋(店賃・三分／二分)

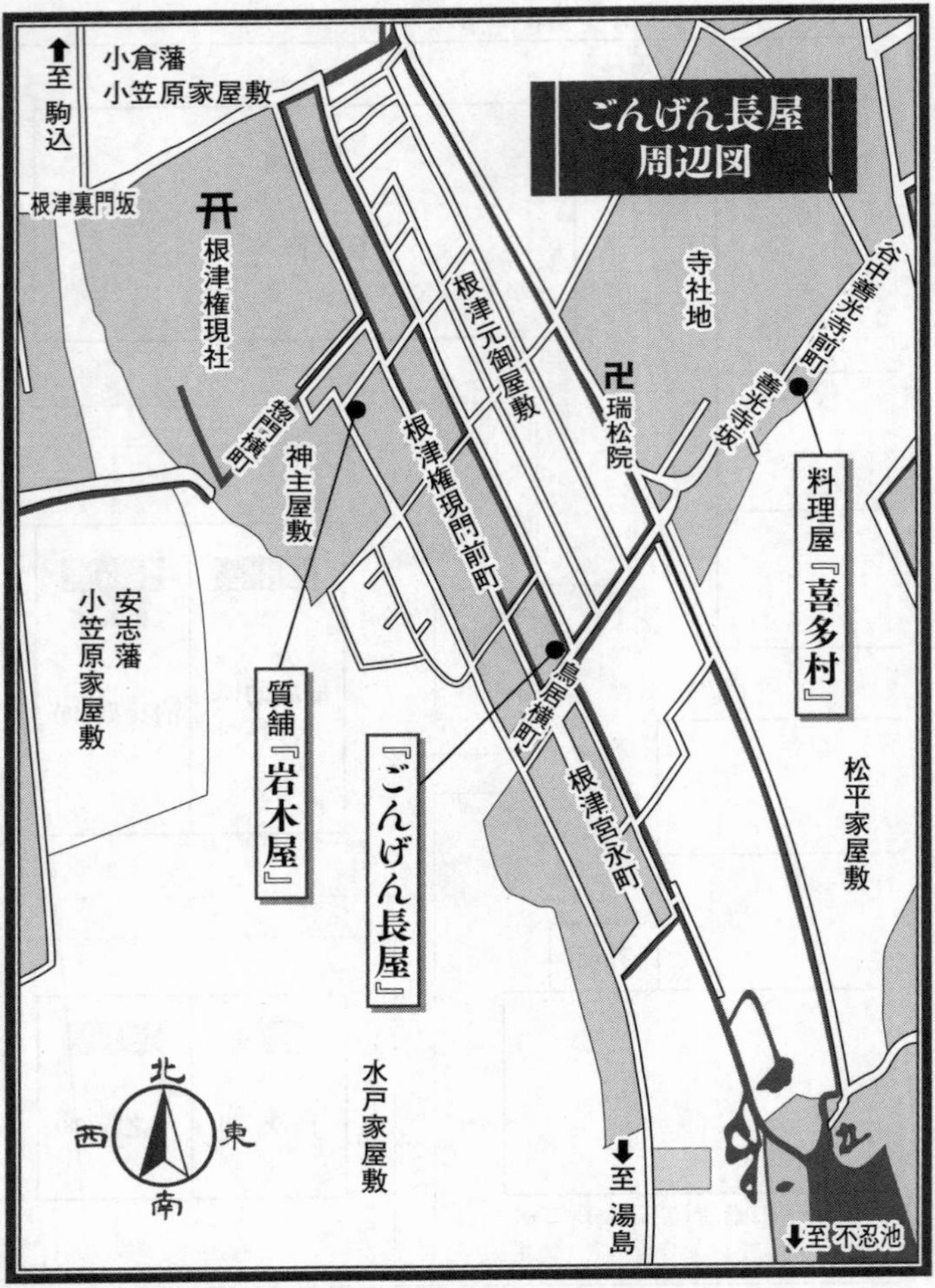
ごんげん長屋
周辺図
至 駒込
小倉藩
小笠原家屋敷
根津裏門坂
根津権現社
惣門横町
神主屋敷
根津権現門前町
根津元御屋敷
瑞松院
寺社地
谷中善光寺前町
善光寺坂
料理屋『喜多村』
鳥居横町
根津宮永町
安志藩
小笠原家屋敷
質舗『岩木屋』
『ごんげん長屋』
松平家屋敷
水戸家屋敷
至 湯島
至 不忍池
北
西
東
南

ごんげん長屋つれづれ帖【四】

迎《むか》え提灯《ちょうちん》

第一話　貧乏神

一

根津権現門前町《ねづごんげんもんぜんちょう》にある『ごんげん長屋』の井戸端《いどばた》に、住人たちの声が飛び交《か》っている。

一月二月の寒さの厳しい早朝など、口を開くのも億劫《おっくう》だったが、春の深まった三月ともなると冷気も和《やわ》らぎ、朝餉《あさげ》の支度などで長屋の井戸は朝から賑《にぎ》やかだった。

雛祭《ひなまつ》りも済んだ、文政《ぶんせい》二年（一八一九）の三月七日である。

『ごんげん長屋』は、二棟《むね》の六軒長屋がどぶ板の嵌《は》まった路地を挟んで向かい合っていた。

表通りから入ると、井戸の奥に路地が延びており、その右側の棟は九尺二間《くしゃくにけん》だが、左側は九尺三間の造りになっていて、広い分だけ店賃《たなちん》もわずかに高い。

日の出から半刻《はんとき》(約一時間)ほどが経《た》った井戸端では、手跡指南所《しゆせきしなんじよ》の師匠である沢木栄五郎《さわきえいごろう》が朝餉の支度をする傍《かたわ》らで、お勝《かつ》は娘のお妙《たえ》とともに、植木職の辰之助《たつのすけ》の女房、お啓《けい》と朝餉を済ませた茶碗などを洗っていた。

「しかし、お六《ろく》さんは感心なことに、毎日暗いうちに出掛けていくねぇ」

お啓が、洗った茶碗を笊《ざる》に伏せながら口にした。

「早いうちに大根河岸《だいこんがし》で仕入れを済まさないと、他の青物売《あおものう》りが売った後に町々を回っても、なかなか売れるもんじゃないって言っていたよ」

お勝が、お六から聞いた話を披露《ひろう》すると、

「わたしもそんな話を聞いた」

お妙がそう付け加えた。

「おはよう」

家から出てきた左官《さかん》の庄次《しようじ》が、井戸端で声を掛けると、

「早いね」

栄五郎が応じた。

「品川《しながわ》まで行って、土蔵の壁塗りさ」

返事をした庄次は、

「行っておいで」

と声を掛けたお勝とお啓に会釈《えしゃく》をして、表通りの方へと去っていく。

その直後、

「何言ってるんだよ。冗談じゃないよ」

甲高《かんだか》いお富《とみ》の声が轟《とどろ》いて、火消し九番組『れ』組の半纏《はんてん》に袖《そで》を通している亭主の岩造《いわぞう》と、何ごとか言い合いながら井戸端にやってきた。

「朝から何ごとだね」

お勝が洗い物をする手を止めて顔を上げると、

「このすっとこどっこいが、感応寺《かんのうじ》の富くじを買うと言い出してさぁ」

お富はため息をついて、お勝とお啓の間に器《うつわ》を入れた木桶《きおけ》を置いてしゃがみ込んだ。

「火消しの仲間四人で、富くじを一枚買おうということになったんだよ」

口を尖《とが》らせた岩造は、まるで救いを求めるように井戸端の住人たちに頭を下げた。

「富くじは一枚二朱だから、四人で割ると」

お妙が首を傾《かし》げると、

「一人、百二十五文だね」

頭の中で算盤《そろばん》を弾《はじ》いたお勝が、すぐに答えた。

「さすが質屋の番頭さんだ、金勘定《かねかんじょう》が早い」

お啓から褒《ほ》め言葉が飛んだ。

「いいだろうお富、今さら仲間に入れないとは言えねぇよぉ。四人で買った富くじが百両二百両に化けるってこともあるんだぜ」

「化けなかったら、百二十五文はどぶに捨てることになるじゃないか」

お富の反論に何か言いかけたものの、岩造は黙ってしまう。

「富くじを買う御《お》あしがあれば、鰻《うなぎ》を食べたいよ」

「富くじが当たったら、好きなだけ食わせてやるよっ」

岩造から威勢のいい言葉が出たが、お富の口からは、

「ふうん」

という、気のない声が洩《も》れただけである。

「朝から鰻の話とは羨《うらや》ましいもんですねぇ」

そう言って足を止めたのは、藤七《とうしち》とともに路地から現れた十八五文《とおはちごもん》の薬売りの鶴太郎《つるたろう》である。

口々に朝の挨拶《あいさつ》を交わすと、

「それじゃ」

藤七の声と同時に、鶴太郎も木戸を潜《くぐ》って、表の通りへと向かった。

「そいじゃおれも」

力のない声を洩らした岩造は、藤七と鶴太郎の後を追うように去っていく。

今年七十の藤七は、町小使《まちこづかい》を生業《なりわい》にしている。

飛脚のように遠くへ行くことはなく、頼まれた文《ふみ》や小さな品物を、近くは、二、三町（約二百二十から三百三十メートル）先に届けるし、遠くは、江戸《えど》四

江戸《えど》四宿《しゆく》と言われる、品川、板橋《いたばし》、千住《せんじゆ》、内藤新宿《ないとうしんじゆく》くらいまでを仕事の範囲にしていた。

「南無妙法蓮華経《なむみようほうれんげきよう》」

路地の奥の方から、朝のお勤めをする彦次郎《ひこじろう》の声が流れてきた。

彦次郎が女房のおよしを亡くしたのは、先月の二十七日のことだった。

およしの骨は、故郷である常陸《ひたち》の府中《ふちゆう》に帰ったが、彦次郎は一人江戸に残り、毎朝お経《きよう》を唱《とな》えているのだ。

「さて」

栄五郎が茶碗などを入れた桶を手に路地に向かいかけて、

「お妙ちゃん、また後で」

「はい」

お妙は、声を掛けた栄五郎に丁寧《ていねい》に頭を下げた。

兄の幸助《こうすけ》とともに手跡指南所に通うお妙は、師匠の栄五郎に対しては、いつも礼儀正しい態度で接している。

「おっ母さん、そろそろ仕事に行く刻限だよ」

路地の方からお琴《こと》の声がした。

「すぐ行く」

お勝は返事をすると、家族四人分の朝餉の器などを入れた桶を抱えて腰を上げた。

路地の左側にある家の戸口から井戸の方を窺《うかが》っていた十三になるお琴が、お勝を見て安心したのか、突き出していた顔を引っ込めた。

春の朝日を浴びた表通りは、お店者《たなもの》や荷を背負った物売り、棒手振《ぼてふ》りをはじめ、江戸見物に来たような一団が、何組か行《ゆ》き交《か》っていた。

桜が美しい今の時季には多くの人々が通りを埋めるのが、例年のことだった。お勝は、足袋《たび》を商《あきな》う『弥勒屋《みろくや》』の番頭の治兵衛《じへえ》と並んで根津権現門前町の通りを歩いていた。

仕事へ向かおうと『ごんげん長屋』の木戸を潜ったところで、

「これから『岩木屋《いわきや》』さんにおいでなら、途中まで」

治兵衛から声を掛けられて、お勝は同行することにしたのだ。

治兵衛が『ごんげん長屋』の住人になったのは、年の初めの一月である。

長年、住み込みの手代《てだい》だった治兵衛は、四十も半ばにしてついに番頭となり、長屋住まいを許されて、晴れて通いの身分となったのだった。

「おっ、質屋と足袋屋の番頭さんがお揃《そろ》いだね」

「まるで夫婦じゃないか」

顔見知りの車曳《くるまひ》きや表を掃《は》いていた酒屋の女中から、からかいの声が飛んできた。

「参りましたねぇ」

治兵衛は、声を掛けてきた顔見知りに返事をした後、お勝の横でそう呟《つぶや》いた。

言葉とは裏腹に、治兵衛の顔にはまんざらでもなさそうな笑みがあった。

お勝は先日、治兵衛から所帯を持たないかと持ちかけられていた。

そのときは、お勝の三人の子供たちの機転によって、うやむやになったのだが、その後の治兵衛の様子を見ると、所帯を持ちたいという思いをくすぶらせているような気配を感じることがあった。

たまに、子供たちにと菓子を持ってくるのもその一端《いったん》のような気がしている。

足袋屋『弥勒屋』は、四《よ》つ辻《つじ》近くにあった。

店の向かいには自身番《じしんばん》がある。

「ではここで」

『弥勒屋』の前で治兵衛に声を掛けて別れたお勝は、通りの北の方へと、幾分足を速めた。

四つ辻から一町（約百九メートル）ばかり先の道を左に折れ、少しばかり進んだ先の角地に、質舗《しちほ》『岩木屋』はある。

根津権現社境内《ねづごんげんしゃけいだい》の南端に位置するその辺りは、神主屋敷《かんぬしやしき》と呼ばれる権現社地も近く、表の通りに比べると閑静であった。

『岩木屋』の大戸《おおど》はまだ閉まっており、お勝は建物の脇の扉のない木戸門を潜った。木戸門の奥は二十畳ほどの広さの庭になっていて、仕事に使う大八車《だいはちぐるま》の車輪の具合を見ている車曳きの弥太郎《やたろう》や、来年五十に手の届く蔵番《くらばん》の茂平《もへい》が、乾《かわ》いた地面に水を撒《ま》く姿があった。

「おはよう」

お互いに朝の挨拶を口にしてから、お勝は建物の横手の勝手口から土間に足を踏み入れる。

下駄《げた》を脱いで廊下に上がり、左に進んだ先に下がった白地の暖簾《のれん》を両手で割ったその先が、『岩木屋』の店頭となる。

「おはよう」

お勝は、鉤形《かぎがた》になった土間に囲まれた板張りの雑巾掛《ぞうきんが》けをしていた手代の慶三《けいぞう》に声を掛けた。

「おはようございます」

慶三から返事が来るとすぐ、土間の框《かまち》近くに置かれた火鉢《ひばち》に、熾《お》きた炭を置いていた修繕係の要助《ようすけ》からも「おはよう」の声が返ってきた。

お勝は、板張りの片隅に置かれた帳場格子《ちょうばごうし》の前に膝《ひざ》を揃えた。

そこが、『岩木屋』の番頭であるお勝の定席《じょうせき》である。

机の上の硯《すずり》や算盤、引き出しの中にしまった小物の有無を確かめるのが、毎朝の日課になっていた。

『岩木屋』の仕事始めは、五つ（午前八時頃）である。

お勝をはじめとする奉公人たちは、四半刻《しはんとき》（約三十分）ほど前に着いて、店を開ける支度をするのが慣例となっていた。

「おはようございます」

店にいたお勝たちが、奥から板張りに現れた主《あるじ》の吉之助《きちのすけ》に挨拶をすると、

「今日もひとつ、よろしく頼みますよ」

という明るい声が返ってきた。

そのとき、大戸の外から鐘《かね》の音が聞こえた。

捨て鐘が三つ撞《つ》かれたのを確かめると、

「みんな店を開けるよ」

お勝が声を張り上げた。

それを合図に、慶三と要助が土間に下りて、潜《くぐ》り戸《ど》から外に出ると、板戸を素早く戸袋に納《おさ》めていく。

捨て鐘の後、正刻《せいこく》の数が五つ鳴り終わる頃には、すべての戸は開けられて、店の中に朝の明かりが満ちた。

店を開けてから一刻（約二時間）ほどが経った頃、質入れや質草《しちぐさ》の受け取りにやってきた客が、潮《しお》が引いたように店の中からいなくなっていた。

「番頭さん、茶でも淹《い》れましょうか」

預かった質草のいくつかを壁際に並べた慶三から声が掛かり、

「そうしようかね」

そう返答したお勝が筆を置くとすぐ、土間の腰高障子《こしだかしょうじ》が外から開けられた。

紺《こん》の印半纏《しるしばんてん》を着込んだ男が、てきぱきとした足の動きで土間に入ってきた。

半纏の襟《えり》に、『大工　政《まさ》』と白抜きの文字があるところから、男は大工だと思われる。

「おいでなさいまし」

慶三が声を掛けると、三十ばかりと思《おぼ》しき男は、小さく頭を下げながら框の傍《そば》に近づいた。

お勝には見覚えのない顔である。

『岩木屋』の客の多くは近隣の町人や職人がほとんどだった。

たまに、わざわざ遠くから来る武家や商家の若旦那もいるが、それらは、質屋に入る姿を土地の者に知られたくない事情を抱えた人たちである。

しゃんと背筋を伸ばした眼鼻立ちの整った大工は土間に突っ立ったまま、何か言い淀《よど》んでいるように見える。

「わたしどもに、何かご用でも」

お勝が静かに口を開いた。

すると、ほっとしたように小さく頷《うなず》いた大工は、框に腰を掛けてお勝と慶三の方に体を捻《ひね》った。

「おれは、谷中三崎町《やなかさんさきちょう》の『喜六店《きろくだな》』の大工、勘治《かんじ》ってもんだが」

「それはご丁寧に」

お勝が小さく会釈をすると、

「ものは相談だが」

勘治と名乗った大工は、軽く顔を突き出すと、そう切り出した。

「なんでございましょう」

お勝が尋ねると、

「女房を質に入れられるのかどうか、教えてもらいてぇ」

勘治は、お勝の眼を見て真顔で答えた。

あまりのことに、お勝は言葉に詰まった。

粋《いき》がった江戸の者が、女房を質に入れてでも初鰹《はつがつお》を買うと口にするというのを耳にするが、本当に質入れするわけではなく、それはただの虚勢なのだ。

「ご相談のことですが、わたしどもでは、人はおろか、犬猫や馬などの生き物は預かれないことになっておりまして」

お勝の近くで膝を揃えていた慶三が、手をついて穏やかに応じると、

「うぅん」

勘治は首を傾げて唸《うな》り声を上げ、両腕を胸の前で組むと、

「うちのかかぁは、このところ、生きてるようには見えねぇがねぇ」

呟くように言うと、真顔で首を捻る。

「それは、あの」

お勝が控えめに口を挟もうとすると、聞こえなかったらしく、先に勘治が口を開いた。

「だってね、生きていれば屁《へ》をこいたり欠伸《あくび》をしたり、笑ったり泣いたりするもんだが、かかぁが口から出しやがるのは、ため息ばっかりでね」

「それだって、生きてるからじゃありませんか」

お勝がやんわりと返事をすると、

「そうかぁ。やっぱり質草にはならねぇか」

勘治は、ため息交《ま》じりで呟く。

「どうも、申し訳ございません」

慶三が再び手をついた。

「わかった」

膝を叩いて威勢よく腰を上げた勘治は、

「どこか、他所《よそ》を当たってみるよ」

屈託《くったく》のない声を発すると、軽やかな足取りで表へと出ていった。

「あの大工は、本気で女房を質に入れるつもりだったのかねぇ」

お勝は、突然のつむじ風に吹かれたような思いで、苦笑いを浮かべた。

「声にも張りがあって、軽やかな動きをしてましたから、深刻な様子は微塵《みじん》もありませんでした。あれはただ、からかいに来たに違いありませんよ」

慶三はそう断じた。

二

夕刻の七つ（午後四時頃）ともなると、大方『岩木屋』の店の中は静まり返る。

季節の変わり目らしく、今日も質入れや質草の請《う》け出しで混み合ったのだが、ほんの少し前に客足はぱたりと途絶《とだ》えた。

帳場に座ったお勝は、先刻から縒《よ》り続けていた紙縒《こよ》りを、机の引き出しに溜《た》め込んでいる。

縒った紙縒りは、預かった日付と質入れした人の名を記して質草に結びつけるためのものである。

慶三は、帳場近くに並べられた茶碗や人形など、小さな質草に文字の記された紙縒りを結びつけている。

「弥太郎はまだ戻りませんかねぇ」

そう言いながら店の土間にやってきた茂平は、框に腰掛けて煙草《たばこ》を吹かしている。

車曳きの弥太郎は、昨年の初冬から『損料貸《そんりようが》し』をしていた火鉢や布団、それに三月になって貸し出した雛人形を引き取りに、昼過ぎに大八車を曳いて出掛けていた。

損料貸しというのは、請け出されなかった質草の処分に困った質屋が始めた、副業のようなものである。

質流れ品を蔵に眠らせておくのではなく、損料を取って貸し出すようになったのが損料貸しである。

一定の損料を取って貸し出すのだが、貸している間に品物に疵《きず》をつければ、修繕代を貰《もら》うことになっている。

『岩木屋』が損料貸しを始めたのは、先々代の主人からだと聞いていた。

かたかたかたと、木箱を叩くような小さな音が近づいてきた。

紙縫りを縫る手をふと止めたお勝は、表の方に眼を向けた。

閉め切られた戸の障子紙に西日の色が滲《にじ》んでいる。

本郷《ほんごう》の台地の東の坂下にある『岩木屋』は、冬場は早々に日が翳《かげ》るのだが、三月ともなると、日は大分長くなっていた。

木箱を叩くような音が止まったかと思うと、いきなり腰高障子が開いて、大工の勘治が土間に入り込んだ。

「また来たぜ」

勘治はそう言うと、肩に担《かつ》いでいた道具箱を土間近くの框に置いた。

「ええと、おかみさんを質草にということなら、昼前にお断りした通りでございまして」

慶三が揉《も》み手《で》をして穏やかに口を開くと、

「女房のことは昼間話を聞いてすっかり料簡《りようけん》したよ。質草とはいえ、蔵の中に入れっ放しにはできねぇからね。厠《かわや》にも行きたくなるし、腹が減ったら飯も食いたくなる。そんな面倒をこちらさんに頼むってわけにはいかねぇやな」

勘治はすらすらと一気にまくし立てた。

「そうなんでございます。それをわかっていただけただけで、こちらとしては、お話しした甲斐《かい》があったというものでございます」

大きく息を吸うと、慶三は勘治に向かって頭を下げた。

「それで、かかぁの代わりにこの道具箱を質に入れることにしたんだよ」

そう言うと、框に腰を掛けた勘治が、道具箱の蓋《ふた》を外した。

「どうだい。鉋《かんな》に鑿《のみ》に金槌《かなづち》木槌《きづち》、墨壺《すみつぼ》、鋸《のこぎり》、曲尺《かねじやく》と、大工道具一式が揃ってる」

勘治の声に誘われるように、お勝と慶三は道具箱に顔を近づけた。

「たしかに、道具一式、揃ってます」

　慶三は、ぽつりと口にした。

「大工道具は預かれますが、しかし勘治さん、この質草を請け出すときのお金はどうやって稼ぐつもりですか」

　お勝がやんわりと問いかけると、勘治は「ん」と呟いて首を傾げた。

「わたしは、ここの番頭で、勝という者ですが」

「あ、そりゃご丁寧に」

　会釈の代わりか、勘治はお勝にひょいと片手を挙げた。

「改めてお聞きしますが、お前さんが稼ごうとすれば、大工仕事しかないんじゃありませんか。いや、他に稼ぐ手立てをお持ちなら、言うことはありませんがね」

　お勝が穏やかな口調で問いかけると、

「いや。おれが稼げるのは、大工だけだ」

　天井を見上げた勘治の口から、ため息のような声が洩れ出た。

　お勝と慶三は、思わず顔を見合わせた。

　すると、我に返ったように道具箱の蓋を閉めた勘治は肩に担ぎ、

「家に戻って、かかぁと相談してみるよ」

「相談って、あなたね」

お勝が腰を浮かせて声を掛けたが、勘治はすでに表へと飛び出していた。

根津権現社の北側には、豊前《ぶぜん》小倉《こくら》藩小笠原《おがさわら》家の抱え屋敷の広大な敷地がある。

その敷地の東側には、やはり広大な敷地を誇る法《ほ》住寺《ほうじゅうじ》があった。

そのふたつの敷地の間を、南北に谷戸川《やとがわ》が流れている。

流れの右側には、根津権現門前町から駒込千駄木坂下町《こまごめせんだぎさかしたまち》へと通じる道があった。

本郷の台地に沈みかけている西日に染まった道を、お勝は急いでいた。

「かかぁと相談してみる」

勘治が口にした相談とはいったいなんなのか、気になって仕方がなかった。

女房を質入れしようとした亭主だから、ひょっとして岡場所に売るつもりではないのかとまで考えてしまった。

店から飛び出した勘治のことが気になったお勝は、主の吉之助の了解を得て、店を閉める前に『岩木屋』を出たのである。

急げば谷戸川沿いで追いつけると思ったのだが、駒込千駄木坂下町近くまで進んでも、勘治の背中は見えない。

駒込千駄木坂下町には四つ辻があって、川に沿ってまっすぐ北へ行けば螢沢《ほたるざわ》があり、左へ曲がって団子坂《だんござか》を上りきれば日光御成道《にっこうおなりみち》へと通じる。

昼前、『岩木屋』に現れた勘治は、住まいは谷中三崎町の『喜六店』だと口にしていた。

駒込千駄木坂下町に至るまで勘治に追いつけなかったお勝は、四つ辻を右へ曲がって、谷中の台地へ延びている坂道へと足を向けた。

法住寺の土塀《どべい》に沿っている坂道は西日を浴びていた。

その坂道の少し先に、道具箱を担いだ勘治の背中があった。

「勘治さん、ちょっと待っておくれよ」

「お前さん、質屋の番頭さん」

足を止めた勘治が、何ごとかという顔でお勝を見た。

「余計なお世話かと思いましたが、おかみさんを交《まじ》えて、話をしてみたいと思いましてね」

女房を岡場所に売るのではないかという疑惑は隠して、『岩木屋』に二度もやってきた勘治の困窮《こんきゅう》ぶりが気になったのだと、お勝は笑みを浮かべた。

「そうまで言ってもらって申し訳ねぇが、じゃまぁ、こちらへ」

勘治は深く詮索《せんさく》することなく、お勝の先に立った。

ほどなく、法住寺の土塀が切れた先で、勘治は小道を右へ曲がる。

小道を少し進むと、左手に長屋の木戸があり、その先に路地を挟んで向かい合う五軒長屋が二棟あった。

「こっちへ」

勘治に続いて、お勝は大きさも違い、滲んで字の読めない名札が打ちつけられた木戸を潜った。

井戸端にも路地にも人影はなかったが、夕餉の支度をした名残《なごり》なのか、薪《まき》を焚《た》いた匂いがお勝の鼻を掠《かす》める。

「おれだ」

勘治は、路地の左側の一番奥にある家の腰高障子を勢いよく開けた。

担いでいた道具箱を框に置くと、勘治は土間を上がり、

「ま、そこへ掛けねぇ」

土間の框を手で示した。

「それじゃ」

そう声にしたお勝が框に腰を掛けた途端、板張りの奥で何かがむくりと起き上がった。

「また借金取りを連れてきたのかよ」

丹前《たんぜん》を持ち上げて起き上がった女から、不機嫌な声が飛んできた。

「そうじゃねぇよ。ほら、昼前、お前を質入れしようと思ったおれに、生き物は預かれねぇと断った質屋の番頭さんだよ」

勘治がそう言うと、

「それじゃ、気が変わって、やっぱりわたしを質草にするためにおいでになりましたか」

「そうじゃありませんよ」

お勝が大きく片手を打ち振ると、女房と思しき女はがくりと肩を落とした。

「実はな」

そう切り出した勘治は、

「女房を質入れしようとするほど困っているのが気になったので、事情を聞きたいと、そう言いなさるんで、お連れしたんだよ」

法住寺前でお勝が口にした内容を女に告げた。

「そりゃどうも、ご親切に」

飾り気のないほつれた髪を撫《な》でながら会釈をすると、女は、勘治の女房の里《さと》だと名乗った。

何気なく家の中を見回したお勝は、

「夕餉の支度はまだのようですが」

「支度も何も、昨日油《あぶら》揚《あ》げと小松菜《こまつな》を混ぜて作った大根の煮物が残ってるから、それが今日の夕餉ですよ」

お里がお勝に力なく答えると、

「また、大根か」

勘治からは、ため息交じりの声が吐き出された。

「ちょっと聞きたいことがあるんですがね」

お勝が少し改まると、勘治とお里も両手を膝に置いて身構えた。

「大工といえば、あちらこちらから引く手あまたの職人仕事じゃありませんか。手間賃にしたって、二、三日仕事に出ればひと月の店賃分くらいは稼げるとも聞いてます。そういう稼ぐ手立てがあるというのに、どうして女房や大工道具を質入れしようとするほど暮らしに困っているのか、それを知りたくなったんですよ」

お勝は淡々《たんたん》と口にした。

「それがね、わからねぇんですよ」

勘治は穏やかな声でそう言うと、小さく首を捻った。

「それがわかればねぇ、何も苦労はないんですけどね」

そう口にしたお里は「はぁ」とため息をつく。

「これはもうね、悪運に取り憑《つ》かれたとしか思えねぇ」

「そうだね。うん。取り憑いてるのは、きっと貧乏神だよ」

お里は、勘治の意見に同調した。

「取り憑かれるようなことに、何か心当たりでもあるのかい」

お勝は思わず声をひそめた。

「三月《みつき》前だな。おれが知り合いから借りた金で買った感応寺の富くじが、大枚《たいまい》二十両を引き当てた」

そう言うと、勘治は胸を張った。

「前々から、富くじを買ったら、別の紙に番号を控えておいた方がいいと聞いていたんで、それを紙に書いて茶簞笥《ちゃだんす》の中に置いて、富くじは荒神様《こうじん》の祠《ほこら》にお供《そな》えしたんだよ」

勘治は、戸口の真上に設《しつら》えられた荒神様の祠に人差し指を向けた。

それから十日ほどのち、勘治が買った富くじの番号が二十両を引き当てたとわかった。

喜び勇《いさ》んで荒神様の祠を覗《のぞ》くと、供えたはずの富くじが見当たらない。どこを捜しても見当たらず、風に飛ばされて竈《かまど》に落ちて焼けたか、戸口からどこかに飛んでいったものと思われた。

諦《あきら》めきれない勘治は、番号を控えた紙を持って、

「この紙じゃ駄目か」

寺に掛け合ったのだが、寺男や役人たちに追い払われたという。

「思えば、それが不運の始まりだったね」

勘治の呟きに、お里は無言で頷いた。

その後、普請《ふしん》の途中で地震が起き、建前《たてまえ》を終えたばかりの家が倒壊《とうかい》した。普請を請け負っていた棟梁《とうりょう》は、建て替えをするか弁償をするかと要求された途端行方をくらませた。その結果、大工の勘治ら数人には無償での建て直しが突

きつけられ、ひと月もの間手間賃の取れないただ働きを強《し》いられたのである。染物屋に働きに行っていたお里は、藍《あい》の甕《かめ》に油をこぼしてしまって辞《や》めさせられ、夫婦ともに実入りがなくなった。

それから今日まで、借金を返し、返したら再度借りるという日々を過ごしてきたが、ついに行き詰まったのだと言って、勘治は大きく息を吐いた。

「番頭さん、この絵が何か知っておいでかね」

お里が、片隅の柳行李《やなぎごうり》の上から一枚の紙を摑《つか》んで、お勝に差し出した。

「あぁ。これは何度か見たことがあるよ」

質屋の番頭を務《つと》めるお勝は、客が持ち込む様々なものを眼にしている。その中には、到底質草にはならない代物《しろもの》がある。

お里が差し出した紙には、瘦《や》せ細り、あばらの浮き出た胸をさらけ出した老婆が杖《つえ》を突いている絵が描かれていた。その老婆は渋団扇《しぶうちわ》を手にして、恨《うら》めしげに立っている様子から、貧乏神の絵と言われているものだった。

「大家さんがこの絵をくれるとき、二十一日の間祀《まつ》ってから送り出すと、貧乏から逃れられると言ったから、その通りにしたんだけど、いつまで経っても貧乏からは逃れられない。ていうより、さらに貧乏がひどくなるばかりでね」

「そのうち、かかぁの方が痩せて、貧乏神の絵に似てきたんだよ」

勘治がそう口にしても、お里は怒る気力もなさそうに、大きく頷いた。

どうしたものかと思いを巡らせたお勝が、ふと壁際に眼を留めた。

大きさのまちまちな木っ端《こっぱ》の脇に、高さ一尺（約三十センチ）、幅が七寸（約二十一センチ）ほどの観音開きの白木《しらき》の祠と、それより一回り小ぶりな白木の厨子《ずし》が並んで立っている。

「あれは」

お勝が厨子と祠を指し示すと、

「手慰《てなぐさ》みですよ」

勘治から、気のない声が返ってきた。

「指物《さしもの》も作るのかい」

「いやぁ。作るなんて、そういう料簡はねぇんですよ。ほら、雨が続いたりすると、大工は仕事にならねぇから、腕が鈍《なま》りそうで怖ぇんだ。だから、そうならねぇように、仕事に出られないときはこういうのをこさえて腕慣らしをしてるんだよ」

勘治はそう言うと、少し照れたような笑みを浮かべたが、

「だけどさぁ、材木屋に払う材料代だってかかるっていうのに、こんな一文のお金にもならないものこしらえて腕慣らしと言われても、ため息しか出ないよぉ」

女房のお里は、大いに顔をしかめた。

「だけど、その指物なら、うちでも預かりますがね」

「へぇ。いくらの質草になりますかね」

勘治は他人事《ひとごと》のように尋ねた。

「ふたつで一朱」

「お前さん、このふたつ、番頭さんに引き取ってもらおうよ」

お里は、一朱と聞いた途端、厨子と祠の方に這《は》い寄った。

「お里、待てっ」

勘治が大声で止めると、

「どうしてだよぉ。一朱といえば、ひと月分の店賃だよ。とはいえさ、溜めてる店賃に回すつもりはないが、今日ぐらい、あったかいおまんまや豆腐《とうふ》の味噌汁《みそしる》を食べたいじゃないかぁ」

お里は恨めしげに勘治を見た。

「よく聞け。今日一朱を手に入れたとしてだ。期限までに借りた金が出来なかったら、利息分も足して請け出さなきゃならなくなるんだぜ。おれには、期限のうちに金を揃えられる自信なんかねぇよ」

「それじゃお前さん」

「この指物は、手元に置いておくしかねぇ」

勘治は、まるで芝居場の役者のような啖呵《たんか》を切った。

それにはお勝も、掛ける言葉を失った。

三

日が沈んでから四半刻ほどが経って、『ごんげん長屋』はようやく夕闇に包まれた。

夕餉の後、お琴とお妙は器を洗うと井戸を後にし、お勝は明朝炊《た》く米を研《と》いでから家に戻っていた。

「わたしは藤七さんのところに届け物をしてくるから」

流しの吊り棚に置いていた小鉢《こばち》を手にしたお勝は、下駄を引っかけて路地に出た。

向かいの棟の奥から二番目が藤七の家である。

「藤七さん、勝ですけど」

戸口で声を掛けると、

「お入りよ」

藤七の声が返ってくるとすぐ、お勝は土間に足を踏み入れた。

「顔がお揃いでしたね」

お勝が、車座《くるまざ》になっていた藤七と彦次郎、それに鶴太郎の顔を見てそう言うと、

「お勝さん、知っていたのかい」

「夕方、彦次郎さんと鶴太郎さんが藤七さんのところで飲み食いをする算段が出来上がってたって、うちのお琴から聞いたもんだから」

藤七に答えると、飲み食いをしている三人の近くに持参した小鉢を置いて、框に腰を掛けた。

「帰り際、『岩木屋』のおかみさんからアミの佃煮《つくだに》を貰いましたので、ほんの少しだけど酒の肴《さかな》にと思って」

「おれ、アミは好物だ」

目尻を下げた鶴太郎が、アミの小鉢にさっそく箸《はし》を伸ばした。

両方の眉尻《まゆじり》が跳ね上がって逆八の字の形になっている鶴太郎の眉は、目尻が下がっても動かないので、笑っているのかどうか判然としないことがあった。

「いっときは、一人になった彦次郎さんが気がかりでしたけど、こうやっておんなじ身の上の藤七さんが近くにいてくれたのが幸いでしたよ」

「お勝さん、おれは女房を持ったことがねぇから、彦次郎さんとおんなじ身の上とは言いがたいがね」

「だが藤七さん、一人暮らしの爺さん同士ということじゃ、似たようなもんじゃありませんか」

笑顔の彦次郎がそう言うと、

「そりゃそうだ」

藤七は笑って、湯呑《ゆのみ》の酒をくいと飲んだ。

「そしたらおれは、なんでここにいるんだい」

鶴太郎は真顔で首を捻った。

「そりゃ、誰に気兼ねすることもない独り者同士ってことなのさぁ」

お勝がそう言うと、軽く唸って、鶴太郎はアミの佃煮にまた箸を伸ばした。

「この時節、質屋は忙しいようだねぇ」

「季節の変わり目はいつものことですがね」

お勝は藤七にそう返事をするとすぐ、今日『岩木屋』に二度も現れた勘治のことに触れた。

悪運と貧乏神に祟《たた》られた大工が女房を質入れに来た顚末《てんまつ》を、住まいも名も伏せて三人に聞かせると、

「貧乏神を追い払うには、小石川《こいしかわ》の牛天神《うしてんじん》に参ればいいよ」

さらりと声に出したのは、鶴太郎だった。

「あぁ。小石川に牛天神があったなぁ」

場所を思い浮かべているのか、藤七が天井を見上げる。

牛天神の境内には太田《おおた》神社という社《やしろ》があり、そこにお参りすれば貧乏除《よ》けになるのだと、鶴太郎は言う。

「十八五文《とおはちごもん》のお前さんから聞くと、なんだか眉唾《まゆつば》にしか思えないねぇ」

「そりゃ、あんまりな言いようだよ、彦次郎さん」

鶴太郎は軽く口を尖らせ、徳利《とっくり》の酒を自分の湯呑に注ぐ。

十八五文の薬売りは、十八粒の丸薬《がんやく》を五文で売り歩く商売である。

どんな病《やまい》にも効くという触れ込みだが、それが本当かどうか、誰も知らないと

いう代物だった。

本当になんにでも効くのか――客に聞かれる多くの十八五文は、『効くかどうかは、飲む人の気の持ちようです』

そう答えることにしていると、常々、鶴太郎は口にしていたのだ。

彦次郎が鶴太郎の話に疑いを持つのは、そのあたりに起因しているのかもしれない。

大八車の梶棒《かじぼう》を握る弥太郎の横で、お勝も梶棒に手を添えている。

小石川上富坂町《こいしかわかみとみざかまち》の道は緩《ゆる》やかな坂になっているので、大八車の速さを抑《おさ》えながら、水戸《みと》中納言《ちゅうなごん》家上屋敷の北端へと下っていた。

質舗『岩木屋』を出たお勝と弥太郎は、根津権現社の北側の根津裏門坂《ねづうらもんざか》から御《お》旗坂《はたざか》を左に曲がって、その後駒込追分《こまごめおいわけ》から中山道《なかせんどう》に入ったのである。

追分から五町（約五百五十メートル）あまり進んだ丸山新道《まるやましんみち》、そこから坂を下った小石川片町《こいしかわかたまち》と小石川上富坂町の武家屋敷四か所に立ち寄りながら、損料貸しの雛飾り一式をはじめ、宴席用の酒器や八客分の塗りの膳《ぜん》、屏風《びょうぶ》などを引き取った帰り道であった。

荷を積んだ大八車を曳《ひ》いて本郷の台地へと上がるのは難儀なので、行きとは違う道で帰ることにした。

水戸家の上屋敷の北側に出たら、左に曲がって堀端の水道橋《すいどうばし》へと進み、昌平《しょうへい》坂《ざか》を下った先で下谷《したや》御成街道《おなりかいどう》へ曲がって、平坦な道を根津へと向かう道筋である。

水戸家上屋敷の北端に差しかかったとき、お勝は辻番所《つじばんしょ》の前でふと足を止めた。

「何か」

大八車を止めて、弥太郎が声を掛けてきた。

「わたしは、ちょっと立ち寄りたいところがあるから、弥太郎さんすまないが、先に帰っておくれでないかね」

「へぇ。御茶ノ水《おちゃのみず》の坂さえ越したら後は平地ですから、ご心配なく」

そう言うと、弥太郎は大八車の梶棒をぐいと曳く。

「旦那さんには、この近くの牛天神に寄ってから帰ると伝えておくれ」

お勝の声に、弥太郎は背中を向けたまま、ひょいと片手を挙げた。

お勝は、弥太郎が向かったのとは逆の方向に足を向けた。

二日前の夜、鶴太郎が話した貧乏神除けの太田神社が、水戸家上屋敷の西方にあることを、辻番所の近くで思い出したのである。

水戸家上屋敷の塀に沿って西に向かったお勝は、塀の角にある辻番所で南へと曲がった。

そこから角を三つ折れた先に牛坂《うしざか》があり、左手の敷地内に樹木と堂宇《どうう》の屋根が見え、そこが牛天神社のようである。

牛天神社は水戸家上屋敷に流れ込む神田《かんだ》上水《じょうすい》の北側にあり、敷地の西の端に隣接していた。

お勝が社務所《しゃむしょ》に立ち寄って太田神社の場所を尋ねると、

「ほほう」

顔に皺《しわ》の刻《きざ》まれた六十ほどの宮司《ぐうじ》が、意外そうな声を発した。

知り合いから貧乏神の話を聞いたので、後学のために見てみたいのだとお勝が言うと、

「ご案内しましょう」

宮司が請け合ってくれた。

「ここが貧乏神と言われるようになった謂《いわ》れは、この近くに屋敷のあった旗本、

潮田《しおた》家の祖先にまつわる出来事でしてな」

太田神社に向かう道すがら、瘦せた宮司は話を切り出した。

元禄《げんろく》期の当主が、側室の不義密通《ふぎみっつう》を疑って折檻《せっかん》したあげく、斬った遺体を屋敷の井戸に投げ込んだのがことの始まりだという。

「以来、百三十年にわたって、屋敷内で採《と》れる瓜《うり》、南瓜《かぼちゃ》、茄子《なす》に至るまで、大変苦いうえに、いくら煮ても焼いても、硬くて食べられなくなったと言われておりまして、また、井戸はどこを掘っても、血なまぐさい味の水しか出ないという有り様に見舞われたということです」

話の中身とは裏腹に、宮司の口調はまるでおとぎ話をするような長閑《のどか》な響きがあった。

井戸を使えない潮田家は、牛天神社に近い安藤坂《あんどうざか》下の酒屋、『三河屋《みかわや》』から貰い水をしなければならなくなったのだと、宮司は続けた。

それから代がいくつか替わり、先々代の当主、嘉右衛門《かえもん》の頃になると、新たに掘った井戸水は飲めるようになった。

「ところが、今度は、嘉右衛門さんの日ごとの奇妙な行いが近隣に広がり、それが面白おかしく言いふらされたのですよ」

若い頃の宮司が見聞きした奇妙な行いというのは、嘉右衛門の毎日の買い物だった。

潮田家屋敷の近くには小間物屋《こまものや》も紙屋もなく、嘉右衛門は、代々井戸水を分けてもらっていた酒屋に行って、半紙を一帖《じよう》買い求め、それをその日一日の手拭《てふ》きとして用いていた。

前日買い求めた半紙が不足していても、必ず毎日一帖しか買おうとはしない。

それを知った近隣の人たちから、

『毎日入り用のものだから、まとめて買っておけばよいものを』

という声が上がったが、嘉右衛門は判で押したように、毎日一帖の半紙を買いに通い続けた。

それが、〈しみったれている〉とか〈貧乏臭《くさ》い〉と人々の口の端《は》に上り、やがて、太田神社は貧乏神だと言われるようになったというのだ。

「しかし、そう言われるには、他にいろいろ、細かな込み入った事情が絡み合っておるのです」

顔をしかめた宮司が声を掠れさせると、敷地の一角に立つ古びた高床の社の前で足を止めた。

「この、太田神社の祭神は、世間ではアメノウズメと言われておりますが、実は、弁財天《べんざいてん》、いわゆる弁天《べんてん》様の姉さんに当たる『黒闇天女《こくあんてんにょ》』というお方なのです」

宮司の口から出た『黒闇天女』という名が禍々《まがまが》しく思え、お勝は思わず古びた社から眼を逸《そ》らす。

「ご存じのように、弁財天は美人と言われるうえに、人に財力を与える神様ですが、妹の力に劣《おと》る姉は僻《ひが》んで闇に姿を消したので、『黒闇天女』と呼ばれることになったと言い伝えられております。ゆえに、人を富ませる妹の神力《しんりき》に対抗して、太田神社は貧乏人を増やすのだという謗《そし》りを受けておるのです」

ため息交じりにそう口にすると、宮司はゆっくりと体を回し、社の周辺を見回した。

「その証拠に、潮田家はじめ、多くの方々から寄進をいただいた祠を訪れる人もほとんどなく、憐《あわ》れをとどめておりましてな」

宮司の視線を追ったお勝の眼に留まったのは、社の周辺に立つ枯れた木々である。その木々の隙間《すきま》に、大小の古びた祠が不規則に点々と鎮座《ちんざ》している。

「かような有り様ですから、貧乏神と言われるのですよ」

そう呟いた宮司は、大きなため息をついた。

「ここをお参りすれば、貧乏神除けにもなるという話も聞きましたが」

お勝が尋ねると、宮司は「あぁ」と声を発した。

その途端、意気消沈していた宮司の眼が、ほんの少し輝きを見せた。


七つ半（午後五時頃）を過ぎたばかりの根津権現社界隈《かいわい》はまだ明るい。

質舗『岩木屋』は、いつも七つ半という刻限に店を閉める。

様々な品を預かり、金を用意しておかなければならない質屋などの商家は、暗くなってからも店を開けていれば、盗賊に押し入られる心配をしなければならない。

それに、人が質入れや質草の請け出しにやってくるのは、ほとんどが明るいうちだから、『岩木屋』の店じまいが、特段早すぎるということはなかった。

店じまいをして、他の奉公人たちと『岩木屋』を出たお勝は、帰路には就《つ》かず、谷戸川沿いの道を駒込千駄木坂下町の方へと足を向けている。

お勝の家の夕餉は、お琴が中心となって作るのが昨年からの慣例になっていた。以前は、仕事を終えたお勝が長屋に戻ってから支度に取り掛かっていたのだが、腹を空かせている子供たちのためにと、火熾《ひおこ》しから夕餉作りまで、いつも慌《あわ》ただしい思いをしていた。

そんなお勝を見かねたものか、お琴は昨年の初冬、通いの女中になると決めていた料理屋『喜多村《きたむら》』には奉公に出ないと言い出したのである。

お勝はそのわけを、後日、料理屋『喜多村』の隠居であり、『ごんげん長屋』の家主でもある惣右衛門《そうえもん》から聞かされた。

それによると、お琴は案の定、子供三人を抱えて仕事と家事にてんてこ舞いしていたお勝を案じていたのだ。

「だから、わたしは、おっ母さんとわたしたち四人が暮らす、『ごんげん長屋』の我が家に奉公しようと思ったんです」

お琴の心中を聞いた惣右衛門は、承知するしかないと言って、笑顔で了承してくれた。

それ以来、朝餉は仕事に出掛ける前のお勝が作り、手跡指南所に出掛ける幸助とお妙を送り出した後は、掃除や洗濯などの家事と夕餉の支度をお琴が引き受けていたのである。

『用事を済ませてから帰るので、先に食べるように』

先刻、『岩木屋』を出る間際、お勝は湯島《ゆしま》の方に行くという修繕係の要助に、お琴あての言付けを託していた。

そうしておけば、夕餉の膳に遅れても、子供たちがやきもきすることはあるまい。

お勝の用事というのは、谷中三崎町の大工、勘治に会いに行くことだった。

四

上野《うえの》東叡山《とうえいざん》の台地に向かう谷中三崎町の坂道は、西日の色に染まっていた。

だが、勘治とお里夫婦の住まう『喜六店』へ向かう道に入った途端、辺りは翳った。寺の大屋根や近隣の建物に、西日が遮《さえぎ》られていた。

向かい合う二棟の棟割《むねわり》長屋の家の中に明かりはなかった。

火を灯《とも》すのは、もう少し暗くなってからだろう。

「勘治さん、おいでですか」

路地の一番奥の戸口に立ったお勝は、ことさら声を低めることなく呼びかけた。

「どなたで」

すぐに、聞き覚えのあるお里の声がした。

「『岩木屋』の勝ですが」

返事をするとすぐ戸が開いて、

「どうぞ」

覇気《はき》のない声を出したお里は、暗がりの中に胡坐《あぐら》をかいていた勘治の横に座り込んだ。

お勝は土間に足を踏み入れるなり、

「夕餉はどうしなすったね」

「昨日、大家さんから貰った米と、長屋のモンから貰った大根の葉っぱで作った粥《かゆ》は残ってるが、そればかり食ってたら、味気なくてね。今、かかぁと、水でも飲んだ方がましじゃないかなんて話してたところで」

勘治がお勝に返事をすると、お里の口から大きく「はぁ」とため息が洩れた。

「それならちょうどよかった。坂下で煮売り屋が屋台を出してたんで、手土産《てみやげ》代わりに買ってきましたから、ご遠慮なく」

そう言うや否《いな》や、お勝は手に提《さ》げていた紙包みを三つ、框に置いた。

「お前さん、なんだかいい匂いがしてるよ」

膝を滑らせて紙包みに近づいたお里がにわかに声を弾《はず》ませた。

「お里さん、丼《どんぶり》と皿を出しておくれ」

お勝は、お里に命じるとすぐ、紙包みを開き始めた。

すると、座り込んでいた勘治まで動き出し、燧石《ひうちいし》を打って、行灯《あんどん》に火を点《つ》けた。

お勝は、お里が置いた丼に甘辛《あまから》い匂いを放つ大根や人参《にんじん》、里芋《さといも》、筍《たけのこ》の煮物を入れ、皿に握り飯をふたつ置いて、草餅《くさもち》を包んだ経木《きようぎ》を並べた。

「遠慮なく食べておくれ」

お勝が静かな声で勧めると、

「おれたちのために、こんなことまで」

そう口にした勘治が肩をすぼめて項垂《うなだ》れ、その横でお里も畏《かしこ》まった。

「実はね、小石川の貧乏神って言われてる神社の話を聞いてもらおうと思って来たんですよ。だから、食べながらでもいいから聞いておくれ」

お勝の申し出に、勘治夫婦は素直に応じた。

箸と取り皿を用意すると、二人は膝を揃えて食べ始めた。

そんな二人にお勝が話したのは、牛天神社の宮司から聞いた、貧乏神と言われている太田神社にまつわる謂れであった。

「一度、その神社にお参りしたらどうかと勧めに来たんですよ」

お勝がそう口にした途端、勘治は唸り声を上げ、

「そこに行けば、ますます貧乏の泥沼《どろぬま》から抜け出せなくなるような気もしますがねぇ」

曇らせた顔をお里に向けた。

「ところがね、太田神社には耳寄りな話もあるんだよ」

胸元で虚空《こくう》を叩くような仕草をしたお勝は、声をひそめた。

先日、藤七の家で飲み食いをしていた鶴太郎が、

『太田神社にお参りすれば貧乏除けになる』

と言ったことを思い出したお勝は、この日、その言葉の真偽を太田神社の前で投げかけると、

「あぁ」

案内に立ってくれた高齢の宮司が、代々伝わっていたという昔話を思い出したのだ。

「牛天神社の北、伝通院《でんづういん》門前に住む紙屑買《かみくずか》いは、根っからの貧乏であった。ある

日、その紙屑買いは貧乏から抜け出せないものかと、太田神社に参ったそうな」

お勝を前に昔話を切り出した宮司によれば、その夜、絵にしばしば描かれる貧乏神が、紙屑買いの夢枕に立ったという。

「そして貧乏神は、三日のうちに赤飯と油揚げを社殿に供えよ。そう口にしたとその宮司さんは言うんだよ」

お勝が声をひそめると、それまで固唾《かたず》を呑《の》んで聞き入っていた勘治は、

「貧乏神のくせに、供えよたぁ、偉そうな口を利《き》きやがる」

と、不機嫌に顔を歪《ゆが》めた。するとすぐ、

「お黙りっ」

お里から鋭い叱声《しっせい》が飛んだ。

「夢枕に立った貧乏神に言われた通りに供え物をし始めてひと月後、紙屑買いに福が舞い込み始めたと宮司さんは言うんだよ」

お勝が続けると、勘治はすっと姿勢を正した。

紙屑買いが、とある武家屋敷から買い取った紙の中に、反故《ほご》とは思えない書付の綴《と》じ込みを見つけたのがことの発端《ほったん》だった。

反故を買い取った屋敷に書付の綴じ込みを届けると、紙屑買いは屋敷内に上げ

られ、小部屋で待たされた。

四半刻ののち、お家の重職を担《にな》っているような侍が数人現れ、届けてくれた書付は、お家の浮沈に関わるような内容が記されていたのだとも打ち明けて、謝辞《しゃじ》を述べると同時に、謝礼として二両をくだされたのである。

「二両――！」

勘治が掠れ声を発した。

宮司によれば、紙屑買いに訪れた福はそればかりではなかった。

謝礼を出した武家は、江戸に住まう親類や知り合いの武家屋敷にも出入りできるように便宜《べんぎ》を図ってくれ、ひ孫の代になった今では、奉公人を雇うほどの古紙業になっているという。

「したがいまして、時を経《へ》るにつれ、太田神社には貧乏神はおらず、人のお役に立つ人望神《じんぼうがみ》がおわすのだとも言われるようになっております」

宮司はそう言うと、貧乏除けの一説を笑顔で締めくくったのだった。

その話を勘治夫婦にし終わったお勝は、外がすっかり暗くなっているのに気づいた。

「どうするお前さん、ものは試し、太田神社にお参りに行ってみようか」

お里は、半分、怯《おび》えの混じった声を出し、勘治の顔色を窺う。

「うぅん」

胸の前で両腕を組むと、勘治は低く唸って、

「貧乏神が夢枕に立って、供え物をしろと言いやがったらどうする」

「言われた通りにすればいいんだよぉ」

お里から、間髪《かんはつ》を容《い》れぬ答えが返ると、勘治はまたしても低く唸った。

「お里さんの言うように、ものは試しで、行ってみたらどうです」

お勝はやんわりと勧めた。

「昨日今日と、油揚げを買う御あしもねぇのに、赤飯なんぞ無理だ。赤飯を炊くには、米と小豆《あずき》も買わなきゃならねぇじゃねぇか。どうするんだよ」

勘治のぼやきに、お里は無論のこと、お勝までもが黙った。

「もしかして、おれの夢枕に立った貧乏神は代替わりしていて、油揚げと赤飯は去年までのことで、今年からは下《くだ》り酒《ざけ》の上物を一升と初鰹を供えよなんて言い出すかもしれねぇ。そうなったら、こっちはお手上げだ」

「そのときはそのときだよぉ」

お里は、勘治のぼやきに焦《じ》れたような声を投げかけた。

「それとも、向こうに下り酒と初鰹を用意しろとでも言われたら、そんときは『岩木屋』さん、金を貸してくださるかい」

真顔になった勘治は、お勝をしげしげと見た。

米と油揚げを買うくらいなら——お勝は、口に出しかけた言葉を呑み込んだ。

米と油揚げを買う金なら、やっても惜しい額ではない。

だが、それで貧乏神が夢枕に立てばいいが、なんの効験《こうけん》もなければ、恨みを買うのはお勝だ。

「勘治さん、神頼みとかお賽銭《さいせん》は、人のお金じゃ効き目がないとも言いますから、赤飯のことはともかく、一度お参りに行ってみちゃどうです」

静かな声で勧めると、お勝は框から腰を上げた。


六《む》つ（午前六時頃）の鐘を聞いてから、四半刻ばかりが経っている。

『ごんげん長屋』の路地を、煮炊《にた》きをした煙が通り抜けていく。

家の表で火を熾したお勝は、炎を上げる七輪《しちりん》の上に鍋《なべ》を置いた。

そのとき、家の中から出てきた幸助が、

「火が点いたね」

そう口にして、蓋を取って水を張った鍋を覗く。

「蜆《しじみ》はまだかい」

「蜆は湯が沸《わ》いてから入れるもんさ」

お勝がそう言うと、幸助は「ふぅん」と口にして七輪の近くにしゃがんだ。

「竈《かまど》の方はどうだい」

土間に入ったお勝が、流しに立ったお琴に声を掛けると、

「ご飯はもう少しで炊き上がる」

と、竈に掛かった釜《かま》を指し示した。

釜に載った蓋から、泡がぐつぐつと吹き出している。

「味噌汁も同じ頃に出来上がりそうだ」

お勝はそう言うと、路地に戻る。

「おっ母さん、このお盆はどうするのよ」

土間の框に立ったお妙が、足元のお盆を指さした。

お盆には、塩水に漬《つ》け終わった蜆と味噌を載せた小皿、それに白ネギのみじん切りを用意していた。

「蜆はおれが入れる」

腰を上げた幸助は、土間に飛び込んだ。

「でも、蜆は湯が沸いてから入れるんだよ」

お妙が、お盆を隠すようにして幸助の前に立ちはだかった。

「そうだよねぇ、おっ母さん」

「あぁ、そうだよ」

お勝の返事に笑みを浮かべたお妙は、

「蜆が口を開けたら、その後に少しの味噌を溶くんだよ」

幸助に向かって自慢げに胸を張る。

「どうして少しなんだよ」

「濃くするとね、蜆の風味が消えてしまうんだって」

お妙の回答に、拗《す》ねたように口を尖らせた幸助は土間を進んで框に腰掛けた。

お勝は、七輪に掛けた鍋を少しずらして、木っ端を三本、火の中に差し入れた。

そんなお勝の頭上を、さえずりを響かせて小鳥が飛んでいく。

六つ前に米を研いでいた時分、左官の庄次をはじめ、貸本屋《かしほんや》の与之吉《よのきち》、町小使の藤七が相次いで木戸を出ていった。

青物売りのお六は、それよりも早く、いつも通り暗いうちに『ごんげん長屋』を出たに違いなかった。

「おはよう」

家を出てきたお啓が、身支度をした亭主の辰之助とともに、お勝の方に近づいてきた。

すると、路地の奥の方から、火消し半纏を着た岩造と連れ立ったお富が、

「おはよう」

と言いながらやってきて、お勝の家の前で足を止めた。

「ちょうどよかった。昨日、井戸端で辰之助さんたちと話したことなんだがね。今年は、見頃は過ぎたけれども、長屋のみんなで花見に出掛けるっていうのはどうだろうかねぇ、お勝さん」

「そりゃ、いいと思うけどさ、仕事を休めない人もいるし、その日が雨になったら、元も子もないよ」

お勝は、話を持ちかけたお富にそう返事をした。

「ほうら見ろ。おれだって、いつ火事で呼び出されるか知れやしねぇし、みんなでまとまっての花見なんてのは、土台無理な話なんだよ」

火消しの岩造が、至極もっともな意見を述べた。

「だったら、長屋に残っている住人たちだけで行く手はあるんじゃないのかね」

お啓がそう言うと、

「それは、いい案だと思いますよ」

お志麻《しま》が、路地の一番奥の家から米を入れた釜を腕に抱えて現れるなり、お啓の発案に賛同の声を上げた。

すると、お志麻の家から二軒隣に住んでいる鶴太郎が、十八五文《とおはちごもん》の装《な》りをして出てくると、

「一同打ち揃っての花見が難しければ、お啓さんの言う通りにした方がいいかもしれませんねぇ」

と、一人合点《がてん》して頷いた。

「いつも長屋に残っているお人というと、誰になりますかねぇ」

お富が首を捻った途端、お勝の家の中から幸助とお妙が飛び出してきた。

「おれとお妙と、彦次郎さんに大家さん」

「幸ちゃん、わたしやお富さんもいるよ」

お啓が口を挟むと、

「幸ちゃんとお妙は、手跡指南所に行かなきゃならないから、花見は無理ね」

家の土間から顔を出したお琴の声に、幸助の顔はにわかに曇った。

「谷中の感応寺だったら、わたしは仕事の合間に半刻くらいは抜け出せるんだけどね」

お勝はそう口にしたが、客が立て込んでいれば、おいそれと叶《かな》わないことぐらい承知していた。

「桜を見に行くとすれば、どの辺りですかねぇ」

誰にともなくお志麻が口を開くと、

「感応寺近くの上野東叡山、飛鳥山《あすかやま》、品川の御殿山《ごてんやま》だろうね」

鶴太郎が一同を見て大きく頷いた。

「おっ母さん、鍋っ」

お妙の声に、お勝が鍋の蓋を取ると、ぐらぐらと湯が沸いていた。

「ご飯もそろそろだ」

独り言を吐くと、お琴は土間を上がった。

「それじゃ、花見のことは後でおいおいということだな」

岩造の声を潮に、お勝の家の前に集まっていた連中はそれぞれ言葉を交わしながら、散っていく。

「あ、そうだ。お勝さん」

仕事に向かう辰之助や岩造、釜を抱えたお志麻について井戸端に向かっていた鶴太郎が、ふと足を止め、

「この前話した小石川の牛天神も、桜の名所だよ」

声を張り上げると、ひょいと片手を挙げて木戸を潜っていった。

牛天神か――お勝は鍋の中に蜆を投じると、胸の中で呟いた。

谷中三崎町の勘治の家に行って、太田神社の貧乏神の謂れを話してから、六日が過ぎている。

その後の勘治夫婦の暮らし向きが気になってはいたが、どうすることもできない。

お勝は、鍋に投じた蜆が次々に殻《から》を開いていくのを、ぼんやりと眺《なが》めた。

五

表通りから奥まったところにある『岩木屋』周辺は、昼下がりは静かなものである。

朝、店を開けてからしばらくは行き交う人の足音や話し声が響き渡るのだが、岡場所の雪洞《ぼんぼり》や妓楼《ぎろう》の明かりが灯り始める夕刻の賑わいが戻るまでは、普段は大方長閑だった。

躑躅《つつじ》の頃になると、例年、根津権現社には多くの人が押しかけ、『岩木屋』前の道は人の流れが絶《た》え間《ま》なくなる。

「うちの隣の夫婦者が感応寺に行ったようだけど、葉桜《はざくら》だったと言ってましたよ」

台所の框に腰掛けた女中のお民《たみ》は、板張りで茶を飲んでいたお勝に笑顔を向けた。

「やっぱりね」

お勝は呟いて、湯呑の茶を飲み干した。

朝方、『ごんげん長屋』の住人たちで花見をしようという声が上がったが、それはどうやら実現しそうもない。

客が途切れた頃を見計らって、

「手が空いた人から茶を飲みにおいで」

お民から声が掛かり、奉公人たちは交代で招きに応じていたのだ。

「番頭さん、もう一杯どうだね」

「ありがとう。もういいよ」

お勝は、両掌《りようて》で包んでいた湯吞を板張りに置いた。

そのとき、密《ひそ》やかな足音がして、

「番頭さん、来ました」

台所に入ってきた慶三が、立ったまま低い声で告げた。

「来たって、何が」

首を回してお勝が尋ねると、

「あれですよ。以前、女房を質に入れたいと言ってきたあの大工が、今日はとうとう、女房らしい女を連れてきましたっ」

慶三がさらに声を低めた。

「なんだって」

お勝は弾かれたように腰を上げると、お民に「ごちそうさま」と声を掛けて廊下に出る。

慶三を従えて廊下を進み、店先との境に下がった暖簾を割って帳場に出たお勝は、口を開けたものの声は出ず、板張りに突っ立った。

土間の框に力なく腰掛けて背中を見せているのは、紛《まぎ》れもなく勘治とお里である。

気を取り直して夫婦の近くで膝を揃えたお勝は、二人の顔色を窺うと眉をひそめた。

背を丸めた夫婦の横顔は幾分か青ざめ、腑《ふ》抜《ぬ》けたように精気がなかった。

「いったい、どうしました」

お勝が恐る恐る声を掛けると、ゆっくりと顔を向けた勘治は、

「こりゃ」

無表情のまま小さく会釈をする。

その隣のお里は、呆《ほう》けたように小さく首を折った。

「慶三さん、お民さんからお茶をふたつ貰ってきておくれ」

「はい」

慶三は、台所へ向かって帳場の暖簾を潜った。

そのとき、表から戸が開けられて、外光を背に受けた人影が土間に入ってきた。

「おいでなさいまし」

お勝が声を掛けた途端、

「いらっしゃいまし」

勘治とお里にお辞儀をした人影の主は吉之助だと、見て取れた。

夫婦の様子にちらりと眼を遣《や》った吉之助は、板張りに上がるなり、

「何ごとだい」

お勝の耳元で囁《ささや》いた。

声を低めたお勝が、女房を質入れしようとした大工の夫婦だと伝えると、吉之助は愛想《あいそ》笑いを浮かべて勘治の背後に膝を揃え、

「いろいろご事情はおありでしょうが、わたくしどもでは、おかみさんを質草にはいたしかねるのでございます」

と、丁寧に話しかけた。

しかし、勘治夫婦からは、なんの反応もない。

そこへ、お盆を持った慶三が戻ってきて、「どうぞ」と声を掛けながら、夫婦の傍に湯呑を置いた。

「番頭さん」

突然、お里が静寂を引き裂くような声を発すると、

「とんでもないことが起きてしまいましたっ」

後の言葉は、喉《のど》を締めつけられたように掠れさせた。

「茶でも飲んで、ゆっくりお話しよ」

お勝はお里の手に湯呑を持たせた。

素直に応じたお里は、茶をひと口飲むと、「ほぉ」と大きく息を吐く。

そして、体を少し捻って、お勝たちの方を向いた。

「この前、番頭さんが煮物や握り飯を持って長屋に来てくれた翌日ですよ」

お里が口を開くと、隣の勘治は小さく相槌《あいづち》を打った。

「貰っていた草餅を朝餉代わりに食べた後、なんにもすることがなくて暇《ひま》を持て余したもんだから、花見にでも行こうかって、この人と出掛けたんですよ」

行く当てはなかったが、とりあえず勘治と二人で『喜六店』を出たのだと、お里は続けた。

坂上の感応寺に行く手もあったが、坂道を行くのはきついので、坂の下へと足を向けた。

「坂を下りきったところで、この人がふっと、小石川の牛天神も桜の名所だと気づいたんですよ」

同時に、太田神社が貧乏神となった謂れを話してくれたお勝の口からも牛天神社の名は聞いていたので、二人は思い切って本郷の台地を目指して、息を切らしながら坂道を上ったという。

牛天神社の桜の花びらが散る境内を進んで、二人は太田神社の社殿に立ったものの、賽銭箱に入れる銭の持ち合わせがなかった。

「そういう有り様だから、おれら夫婦に貧乏神が取り憑いたんだと思い当たってしまったよ」

ため息をついて湯呑を手にした勘治は、苦笑いを浮かべて茶を飲んだ。

「ところがね、おれは、社殿の周りを見て呆《あき》れてしまったのよ。おれらも貧乏だが、太田神社そのものが貧乏このうえないわけだ。長年にわたって参拝人《さんぱいにん》が少ないのか、植わった木の間に置かれている祠や塗りの剝《は》げた鳥居も、風雨に晒《さら》されて朽《く》ちてるじゃありませんか。三尺（約九十センチ）ほどの四本の柱に支えられた台に載っていた祠なんぞは、みすぼらしいのを通り越して、憐れとしか言いようがなくてね」

一気に話した勘治は、大きく息を継《つ》いだ。

「その後すぐに谷中に戻ったんだけど、うちの人が、可哀相《かわいそう》だ可哀相だと言うんですよ。誰かがせっかく寄進した祠が、あのまんま腐り果てるようじゃあんまりだからって、この人、自分がこしらえていた祠を抱えて太田神社に運んだんですよ」

お里の言う、太田神社に運んだという祠は、先日お勝が眼にした、勘治の手慰みによる指物のことだった。

「それで」

思わぬ展開に、お勝は身を乗り出した。

「番頭さんの話に聞いていた、年の行った天神社の宮司さんに会いまして、今にも崩れ落ちそうな祠と、おれが持ってきた祠を取り替えてやりたいと申し出ると、それはご奇特なことでと、引き取ってくれまして」

そう言うと、勘治はお勝に小さく頷いた。

「いいことをしたじゃないかぁ」

お勝が正直な思いを口にすると、勘治の横に腰掛けていたお里が、これ以上ないというくらい、大きく相槌を打った。

「その宮司さんによれば、おれの祠は、太田神社の中でも一番みすぼらしい、潮田家のものと取り替えるということになったんだよ」

「そしたら宮司さんが、潮田家の縁者の多くは住まいを移したり、江戸を離れたりしているが、この祠を見たらきっと喜ばれるに違いないとも言ってくれたそうです」

勘治に続いて口を開いたお里の声は、いつの間にか弾んでおり、

「そしたら、本当に喜んでくれてね」

と、腑抜けのようになっていた勘治の顔つきも、随分《ずいぶん》と喜色《きしょく》に満ちていた。

「実は、今日の昼前、潮田家の娘という五十はとうに過ぎた武家の婆さんが、供侍を従えて長屋にやってきたんですよ」

勘治によれば、その娘は、大野木加恵《おおのぎかえ》といい、一帖の半紙を毎日買い続けた先々代の当主、嘉右衛門の孫に当たる人物だった。

加恵は、十九の年に、近江国《おうみのくに》、水口《みなくち》藩加藤《かとう》家の江戸屋敷詰めの勘定方《かんじょうかた》に嫁《とつ》いだのだが、出世した夫が国元の勘定奉行として帰国することになったので、二十年前、家族ともども江戸を去っていたことを勘治夫婦に打ち明けたという。

しかし、五年前に隠居した夫が、昨年の夏、野洲川《やすがわ》近くの隠居所で病死した。夫の骨は分骨して、水口の寺と江戸の菩提寺《ぼだいじ》に納めることになり、加恵はこの三月、二十年ぶりに江戸に戻ってきたのだった。

納骨の供養《くよう》を済ませ、水口へ戻るまでの数日、加恵は、ゆかりの地を見て回ることにした。そして、三日前、弟が家督《かとく》を継いだ小石川の潮田家を訪ねた帰路、思い立ったように牛天神社内の太田神社に立ち寄ったのだという。

代々、潮田家が祠や鳥居を寄進する場所に行くと、そこに真新しい祠が鎮座しているのが加恵の眼に留まった。

わけを聞いた加恵は、宮司の口から勘治の善行を知り、この日、『喜六店』にやってきたというのである。

「番頭さんに言っていただいた通り、貧乏神様にお参りはしてみるもんですねぇ。そのおかげで、福が舞い込んできましたよ」

お里の口から、そんな言葉が出た。

「福というと」

お勝が呟くと、

「『喜六店』に来た奥方の加恵さんが、潮田の朽ちた祠を取り替えてくれたお礼にと、五両をくだすったんでやす」

「五両――！」

慶三が素《す》っ頓狂《とんきょう》な声を上げると、勘治は黙って大きく頷き、

「そのうえ、水口藩の江戸下屋敷や大野木家の親類縁者の屋敷へ出入りできるよう口利きをするとも請け合っていただきました」

勘治はそう言うと、お里と顔を見合わせて、うんうんと頷き合う。

「よかったねぇ」

お勝の口から、その言葉がしみじみとこぼれた。

「へい」

そう言って勘治がお勝に頭を下げると、お里もそれに倣《なら》った。

「番頭さん、おれは、この日を境に太田神社を福の神と崇《あが》めて、毎月油揚げを供えることに決めたよ」

「はい」

お里は、勘治の発言に賛同の声を上げた。

「それは、よく決心したよ。それを胸に刻んで、この先、万一金に困っても、二度とおかみさんを質入れしようなんて思うんじゃないよ」

「へい。それは肝《きも》に銘《めい》じます」

勘治は、お勝の戒《いまし》めに素直に返事をするとすぐ、

「だけど番頭さんあんた、太田神社のご祭神と言われてる黒闇天女の化身《けしん》じゃあ

るまいね」

　真顔でお勝を見た。

　すると突然、

「何を仰《おっしゃ》いますか。この人は、天女さんよりも恐ろしい、かみなりお勝さんですよ」

　吉之助はそう言うと、ははははと笑い声を上げた。

「雷《かみなり》が落ちる前に、早く引き揚《あ》げることだね」

　慶三から声が掛かると、

「へい」

　返事をした勘治は、お里とともに框から腰を上げた。

　その直後、微《かす》かに遠雷《えんらい》が聞こえた。

　季節の変わり目には、よくある空模様である。

「それじゃ、わたしらは」

　勘治は辞儀をすると、「くわばらくわばら」と口にするお里とともに、表の通りへと飛び出していった。

　にわかに日の翳った店の中に、先刻より大きな雷鳴が轟いた。

第二話　竹町河岸通《たけちょうがしどお》り

一

根津宮永町《ねづみやながちょう》は根津権現門前町と境を接した鳥居横町《とりいよこちょう》の南に位置している。

根津宮永町の南には池之端七軒町《いけのはたしちけんちょう》があり、蓮池《はすいけ》とも呼ばれる不忍池《しのばずのいけ》までは眼と鼻の近さである。

あと半月もすれば、不忍池の水面《みなも》に蓮の花が咲く夏となる。

根津宮永町の南の端にある妓楼《ぎろう》『美月楼《みづきろう》』の土間は、昼前の四つ（午前十時頃）を過ぎた頃おいだというのに、薄暗い。

西を向いている出入り口の外の道には日が射《さ》しているのだが、その照り返しが土間の奥にまで届いていないせいだ。

お勝は、『美月楼』の土間の上《あ》がり框《がまち》に並べた損料貸《そんりょうが》しの品々に、四半刻《しはんとき》（約三十分）前から眼を通していた。

火鉢《ひばち》や炬燵《こたつ》の櫓《やぐら》、燭台《しよくだい》や手焙《てあぶ》り、布団五組をひとつひとつ見て、貸している間につけられた瑕疵《かし》の有無を確認するのが、引き取りのときの大事な仕事である。

何もなければ、車曳《くるまひ》きの弥太郎が表に運んで、大八車に積み込むという段取りになる。

「引き取りには、大方の泊まりの客が出ていった後の四つに来てもらいたい」

二日前、『美月楼』の番頭から言われていた刻限に、お勝は、大八車を曳《ひ》いた弥太郎とともにやってきていた。

先刻、損料貸しにしていた品々を土間の板張りまで運んできた女中や男衆たちは、奥へ引っ込み、白髪頭《しらがあたま》の番頭も、お勝の調べに立ち会おうともせず、いずこかへ姿を消した。

およそ愛想《あいそ》のない妓楼である。

以前、同じ場所にあった妓楼は、昨年の春に小火《ぼや》を出して建物の一部を焼いた後、立ち行かなくなって暖簾《のれん》を下ろした。

その後、焼け残った妓楼を買い取った者が修築して、半年ほど前の晩秋、『美月楼』の看板を掲《かか》げて女郎を抱え、客を取り始めたということは、根津権現門前町の顔見知りの妓楼の主《あるじ》や女将《おかみ》たちから耳にしていた。

したがって、質舗『岩木屋』にとって、『美月楼』は今回が初めての客であった。

「番頭さん、大方運び終わりましたが」

外から戻ってきた弥太郎に声を掛けられたお勝は、

「番頭さんは、どこですか」

どこかへ消えた『美月楼』の番頭を大声で呼んだ。

すると、土間を上がった板張りの右手にある帳場から、白髪の番頭が面倒臭《くさ》そうな顔をして出てきた。

「番頭さん、この燭台の支柱に、何かにぶつけたような疵《きず》があるんですがね」

板張りに残していた燭台の疵を、お勝は番頭の方に向けた。

「それは、去年借りたときからあったんじゃありませんかねぇ」

燭台の支柱の疵に眼を遣《や》った番頭は、しかめっ面《つら》をして首を捻《ひね》った。

「何ごとだよ」

不機嫌そうな声を上げて廊下の奥から現れたのは、女物らしい紅梅色《こうばいいろ》の着物を羽織《はお》った四十代半ばほどの男だった。

町人髷《ちょうにんまげ》ではあるが、もみあげは伸びたうえに、眉毛《まゆげ》は黒く太い。

「実は」

腰を折った番頭が、眉毛の太い男の耳元で何ごとか手短に伝えると、

「おれはここの主の東五郎《とうごろう》だが、どうして、うちのモンがその燭台に疵をつけたって言い切れるんだよ」

凄《すご》みを利《き》かせてそう言うと、お勝に向かってぐいと近づいた。

するとすぐ、

「これを」

弥太郎が、自分の懐《ふところ》から取り出した三枚ほどの書付を、お勝の眼の前に差し出した。

その書付は、損料貸しをする客との間で取り交《か》わす確認書のようなものである。

損料貸しの品物を渡すとき、『岩木屋』と客が一品ずつ見たうえで、瑕疵の有無を書き記し、返却の際に確認する手がかりにしていた。

「ここに書き記してあるように、去年の十月二日、こちら様に損料貸しの品々をお届けした際、燭台をはじめ、すべての品々に瑕疵はないという、こちらの番頭

さんの『九八兵衛《くはちべえ》』という名が書かれておりますから、ご承認いただいたということでございます」

お勝は、書付を開いて東五郎と番頭の眼の前にかざした。

「借りるときに損料は払ったんじゃねぇのかい」

「無論、払っております」

東五郎に答えた番頭の顔には、怯《おび》えが貼りついている。

「貸したら疵くらいつくもんだ。その疵の分も含めての損料貸しじゃねぇのかよ」

「いいえ。疵がついたときにいただくのは、修繕代でございます」

お勝が落ち着いた声で答えると、

「それで、修繕代はいくらだ」

「それは、うちに修繕をする者がおりますので、一度持ち帰って疵の様子を見せてから、代金は後日お知らせしたいと思いますが」

お勝の言い分を聞いて舌打ちをした東五郎は、

「疵をつけたのはうちのモンか、それとも客か」

白髪の番頭に向かって吠《ほ》えた。

「大晦日《おおみそか》に客同士の諍《いさか》いがありまして、徳利《とつくり》を割られたり障子の桟《さん》を壊されたりしましたので、おそらくそのとき、客の一人が振り回した燭台が当たったのかもしれません」

「その客を捜し出して、払わせろ」

東五郎の怒鳴り声に、番頭は身をすくめた。

「親分、何ごとですか」

廊下の奥から姿を現した三人の男の一人が、東五郎に問いかけた。

三人の男は、見るからに素《す》っ堅気《かたぎ》ではない。

何ごとかと東五郎に声を掛けた男のはだけた胸には彫《ほ》り物が見え、その脇に立った色黒の男は、前歯の欠けた口をだらしなく開けている。さらにもう一人の小太りの男は、剃《そ》ったのか焦《こ》がしたものか、片方の眉がなかった。

盛り場に屯《たむろ》して金儲《かねもう》けの種《たね》を探しているならず者たちに似て、いずれも危うい臭《にお》いを醸《かも》し出していた。

「客を見つけ出して払わせろとのお言葉ですが、疵をつけたのが誰かは、どうでもいいことでしてね。わたしどもとしては、品物をお貸しした『美月楼』さんから修繕代をいただくのが、筋だと思います」

お勝は東五郎に向かい、穏やかな物言いをした。

「なんだよ、さっきから理屈ばっかりこねやがって。怪我《けが》をしたくなかったらとっとと消えやがれっ」

両眼を吊り上げた東五郎は、燭台を摑《つか》んで振り上げると、お勝の立つ土間近くの框に、思い切り叩きつけた。

バキッと音を立てて、長さが二尺三、四寸（約七十センチ）の燭台はふたつに折れ、ひとつは東五郎の手に残ったが、飛んだ半分は土間に転がった。

体に当たることはなかったお勝は、土間に転がった燭台の半分を拾い上げると、

「『美月楼』さん、これじゃ修繕代は大分かさむことになりそうですね」

折れた半分を東五郎の眼前にかざした。

「てめぇ」

東五郎の脇に控えていた小太りの男が、懐の匕首《あいくち》を引き抜いて土間に下りるや、お勝の脇腹に切っ先を向けて突っ込んだ。

ドスッ。

体《たい》を躱《かわ》したお勝が、燭台の半分を相手の腕に叩きつけると、鈍《にぶ》い音を立てた男

の腕から匕首が飛び、「ヒィッ」と悲鳴を上げて土間に倒れ込み、右腕を抱えてゴロゴロと転がった。

「このあまぁ！」

声を発した彫り物の男が土間に下りると、歯欠け男も続いた。

折れた燭台を摑んだまま、お勝が表に飛び出すと、匕首を抜いた二人の男も追って出てきた。

小太刀《こだち》の心得のあるお勝は、燭台を手にして身構えた。

「そんなもんでどうする気だよぉ」

歯欠け男は薄笑いを浮かべると、匕首を横に薙《な》ぐように激しく動かしながら、お勝に迫る。

半身になって間合いを計っていたお勝は、匕首を持った腕が自分の腹の先を通り過ぎた刹那《せつな》、小太刀代わりの燭台で腕を叩き、すかさず迫り来た彫り物の男の脇腹を思い切り叩いた。

歯欠け男は腕を押さえて棒立ちになり、彫り物の男は脇腹を押さえて地面に座り込んでいる。

通りに出てきた東五郎が、その有り様を見て茫然《ぼうぜん》と立ち尽くした。

「なんだい、暴れてたのは『岩木屋』の女番頭じゃねぇか」

「お勝さん、手加減してやんなよ」

いつの間にか足を止めていた野次馬《やじうま》たちから、陽気なからかいの声が飛び出した。

「可哀相《かわいそう》に、あの野郎ども、二、三日は歩けねぇかもしれねぇ」

そんな声を残して野次馬たちが去ると、

「東五郎さん、暴れたわたしも燭台を壊した手前、修繕代は貰《もら》いませんから、折れたものは、焚《た》きつけにでもしておくんなさい」

お勝が丁寧《ていねい》な口を利くと、東五郎は差し出された燭台を恐る恐る伸ばした手で受け取った。

「弥太郎さん、引き揚《あ》げますかね」

荷を積んだ大八車の傍《そば》に控えていた弥太郎に声を掛けたお勝は、根津権現社の方へと足を向けた。

『ごんげん長屋』の朝は、いつも六《む》つ半（午前七時頃）の時分が混み合う。

『岩木屋』が店を開ける四半刻くらい前には着くようにしているお勝も、所帯持ちのお啓とお富も、摂《と》ったばかりの朝餉《あさげ》の器《うつわ》を洗うのは、大方この刻限である。

お富の亭主の岩造は火消しだから、半鐘《はんしよう》が鳴れば、朝餉抜きで飛び出すこともあった。

損料貸しの燭台の件で、宮永町の『美月楼』の主たちと悶着《もんちやく》があってから、二日が経《た》った三月の十九日である。

「藤七さんや庄次さんは、朝餉は摂ったのかい」

お勝が、口をゆすいでいる町小使《まちこづかい》の藤七と顔を洗う左官の庄次に問いかけると、

「おれは、ゆんべ残してた餅《もち》を、醤油《しようゆ》をつけて焼いて食った」

庄次はそう言って濡れた顔を拭《ふ》き、

「わたしは、届け物をする途中、一膳飯屋《いちぜんめしや》にでも飛び込みます」

藤七からはそんな返答があった。

「おはようございます」

釜《かま》を抱えたお志麻がやってきて朝の挨拶《あいさつ》を口にすると、

「お志麻さん、米を研《と》ぐんだね」

お勝の声に、お志麻は「えぇ」と答える。

「庄次さん、さっさと水を汲《く》んでおやり」

お富に急《せ》き立てられた庄次は、急ぎ井戸水を汲み上げて、お志麻の手に釣瓶《つるべ》を持たせた。

「ありがとう」

「なんの」

片手を打ち振って、庄次は手拭《てぬぐ》いをひょいと肩に掛けた。

「おはよう」

道具袋を肩に担《かつ》いで家を出てきた辰之助から声が掛かると、井戸端《いどばた》にいた住人たちから、口々に「おはよう」の声が飛び交った。

「そうそう、辰之助さん。昨日、お啓さんに聞いたけど、仕事先の家で人殺しがあったっていうじゃありませんか」

眉間《みけん》に皺《しわ》を寄せたお富の声は、幾分密《ひそ》やかだった。

「本当かい、辰之助さん」

庄次が好奇に満ちた声を出した。

表に向かいかけていた辰之助は、

「だがそれは、おれが見たってわけじゃないんだよ」

仕方なく足を止めた。

辰之助によれば、同じ植木屋の親方から仕事を回してもらっている朋輩《ほうばい》が、二日前の十七日の朝、植木の手入れに行った先で人が殺されたと知ったという。

その家の前まで行くと、顔見知りの通いの女中が戸口から転がるように出てきて、『殺されてる』と言ったまま腰を抜かして動けなくなったのだと、辰之助は皆に告げた。

「おれも以前、何度か庭木の手入れに行ったことのある竹町《たけちょう》河岸《がし》の家なんだよ」

辰之助が言い添えたとき、

「おはよう」

桶《おけ》を抱えた与之吉がやってくると、皆から挨拶の声が上がった。

「今ですか」

米を研ぐお志麻から声が掛かると、

「陽気がよくなると、いくらでも眠れるもんだよ」

与之吉は笑って、釣瓶を井戸に落とす。

「今、辰之助さんから竹町河岸って声が聞こえたけど、本郷竹町《ほんごうたけちょう》のことですか」

釣瓶を引き上げながら与之吉が尋ねると、

「囲われ者なんだよね」

お啓がさらに密やかな声を発した。

「わたしですか」

米を研ぐ手を止めたお志麻が、一同をきょとんと見た。

「違う違う」

お勝は、片手を横にひらひらと打ち振った。

根津の岡場所で女郎をしていたお志麻は、白山《はくさん》にある提灯屋《ちょうちんや》の旦那に請《う》け出されて、『ごんげん長屋』に囲われていた。

そこへ、提灯屋の女房が押しかけてきて、お志麻に恨《うら》み言をぶつけたのだ。

それに嫌気がさしたのか、お志麻の方から手切れを言い出して、去年の師走《しわす》、提灯屋の主とは別れていたのだ。

「囲われ者と言ったのは、殺された女の人のことだよぉ」

お啓が、言い訳でもするように、お志麻に囁《ささや》いた。

「その旦那というのが、煙草屋《たばこや》を営むお人でね、女にも小体《こてい》な煙草屋をやらせていたそうなんだよ」

「煙草屋――」

辰之助の話に、与之吉が微《かす》かに、訝《いぶか》るような呟《つぶや》きを洩《も》らした。

「朋輩とも話したが、旦那が行けないときの暇潰《ひまつぶ》しにと、仕事をやらせていたんだろうね」

「なぁるほど」

お富が、辰之助の説に大きく頷《うなず》いた。

二

質舗『岩木屋』の障子戸は両側に開かれている。

半月もしないうちに夏を迎えるこの時季になると、緩《ゆる》やかに吹く風は暖かみをはらんでおり、砂埃《すなぼこり》が店の中に流れ込む心配はなかった。

朝から来客の続いた『岩木屋』が一息つけるようになったのは、八つ（午後二時頃）を過ぎてからである。

お勝は帳場格子《ちょうばごうし》に着いて帳面を見ながら算盤《そろばん》を弾《はじ》き、慶三は板張りに並べた質草《しちぐさ》の行火《あんか》や硯箱《すずりばこ》に、日付などを記した紙縒《こよ》りを結びつけている。

「それも蔵に運ぶぜ」

奥からやってきた蔵番の茂平が、ともにやってきた修繕係の要助と二人して、紙縒りの結ばれた質草に手を伸ばした。

「茂平さん、後はわたし一人でなんとでもなりますから、煙草でも喫《の》んでてくださいよ」

慶三からそんな応《こた》えが返ると、

「そうかい。それじゃ、お言葉に甘えようじゃねぇか」

茂平は、要助とともに、火鉢の傍に胡坐《あぐら》をかいた。

「しかし番頭さん、蔵の質草が様変わりすると、月日の巡りってものが身に染みるねぇ」

茂平は、帯に差した提煙草入れ《さげたばこい》から煙管《きせる》を取り出しながら、しみじみと口にした。

「茂平さん、柄《がら》にもなく風流な物言いをするじゃありませんか」

算盤を弾く手を止めたお勝が笑みを向けると、茂平は、葉を詰めた煙管を咥《くわ》えて火鉢の中に顔を突っ込んだ。

「ほう」

火鉢から、煙草の煙を吐きながら顔を上げた茂平が、戸口の方を見て小さな声を洩らした。

「おいでなさいまし」

立ち上がった慶三が土間の近くに動いて、表から入ってきた女の影を迎えた。

「おや、お志麻さんじゃありませんか」

お勝の座った帳場からは、入ってきたのがお志麻だということは、明かりの加減ですぐにわかった。

「番頭さんのお知り合いでしたかぁ」

要助の物言いには、好奇に満ちた響きが窺《うかが》えた。

「お勝さん、ちょっと話を聞いてもらいたいことがあるんですよ。どこか、隅の方ででも」

「それじゃ、こっちへ」

帳場を立ったお勝は、土間の一番奥へとお志麻を誘い、框に腰掛けるよう勧めると、自らも膝《ひざ》を揃《そろ》えた。

すると、お志麻は息を整えるように小さく息継《いきつ》ぎをした。

「お志麻さん、話っていうのは」

慶三たちのいるところに届かないよう、お勝は声を抑《おさ》える。

「今朝、長屋の井戸端で、辰之助さんが話していた殺された女のことですけど、わたし、まんざら知らないお人じゃないんです」

「なんだって」

お勝は、声を低めたお志麻よりも、さらに声を低くした。

「昨日の昼過ぎに、鳥居横町の組紐屋《くみひもや》に行った帰り、宮永町の『梅川《うめかわ》』って妓楼の若い衆に呼び止められまして、三年前に請け出されたお春《はる》が、殺されたぜって言ったんです」

そう口にして、お志麻は両手で口を塞《ふさ》いだ。

妓楼『梅川』の名はお勝も知っているが、『岩木屋』とは商《あきな》い上の付き合いはなかった。

『梅川』の若い衆によれば、根津権現門前町の目明《めあ》かしである作造《さくぞう》が昼前に妓楼にやってきて、お春が殺された一件を話し、前々から付きまとっていたような男に心当たりはないかと、楼主《ろうしゅ》や奉公人から聞き取っていったというのだ。

「わたしがいたのは、同じ宮永町でも『大松屋《おおまつや》』でしたから、お春さんと特段親しかったわけじゃなかったけど、同じ頃根津の色町《いろまち》にいて、名と顔は知ってましたから、何やらせつなくて」

「わかるよ」

「胸にしまっているのも苦しくて、思い切って、お勝さんに聞いてもらいに来てしまったの」

お志麻は消え入りそうな声を出した。

「そのくらい、わたしでよければいつでも、溜《た》まっているものを吐き出しにおいでよ」

お勝がそう告げると、お志麻は安堵《あんど》したように、小さな吐息を洩らした。

昼過ぎから雲が広がって、日射しは遮《さえぎ》られているが、雨になるような気配ではない。

お勝は『ごんげん長屋』の大家、伝兵衛《でんべえ》と並んで谷中善光寺坂《やなかぜんこうじざか》をゆっくりと上がっている。

「半刻（約一時間）ばかり、ご足労《そくろう》をお願いしたいんですがね」

四半刻前、『岩木屋』を訪ねてきた伝兵衛から申し出があり、主の吉之助の承諾を得たお勝は、店を出たのだった。

話したいことがあると言って、『岩木屋』にお志麻が訪ねてきた日の翌々日である。

善光寺坂は急峻《きゅうしゅん》で、坂の途中から伝兵衛は少し遅れ始めた。

顔を伏せぎみにして上がるお勝の耳に、ザッザッと、いくつか地面を蹴る雪駄《せった》の音が近づいてきた。

少し顔を上げたお勝の眼の先に、着物の裾《すそ》を翻《ひるがえ》して坂を下りてくる男の足が、三人分あった。

すると突然、男たちの足が、慌《あわ》てて止まった。

お勝がさらに顔を上げると、行く手には、彫り物の男と小太りの男を伴《ともな》った『美月楼』の東五郎が、戸惑ったような顔で足を踏ん張っていた。

だがすぐに、お勝たちの行く手を塞いでいることに気づいた東五郎は、急ぎ坂道の左端に寄って、道を空けた。

「すまないね」

お勝が声を掛けて歩き出すと、東五郎と男二人は小さく会釈《えしゃく》をして坂下の方へと急ぎ下っていく。

「お勝さんに挨拶したが、今の連中は何者だね」

「さぁ」

お勝は、とぼけた。

坂を上がって伝兵衛に案内されたのは、谷中善光寺前町《やなかぜんこうじまえまち》にある料理屋『喜多村』だった。

娘夫婦に『喜多村』をまかせた隠居の惣右衛門は、『ごんげん長屋』の家主である。

伝兵衛が勝手口で声を掛けると、ほどなくして、女中頭《じょちゅうがしら》のお照《てる》が戸を開けた。

「お上がりください」

伝兵衛とお勝を三和土《たたき》に招じ入れると、

「お勝さん、お久しぶりで」

お照は笑みを向けた。

お勝が、当代の主夫婦の息子と娘の世話係として『喜多村』に通い奉公したのは十六年前だったから、その時分からの知り合いだった。

当時十八、九だったお照は、この正月、晴れて女中頭になった。

お勝と伝兵衛が、お照の案内で通された部屋は、隠居の惣右衛門や主の家族が暮らしている二階の奥にあった。

「失礼します」

お照が、廊下に膝を突いて障子を開けると、惣右衛門の傍には目明かしの作造がおり、南町奉行所《みなみまちぶぎょうしょ》の同心《どうしん》、佐藤利兵衛《さとうりへえ》が床の間を背にしているのが見えた。

「お入りよ」

惣右衛門に促《うなが》されてお勝が部屋に入ると、

「わたしはこれで」

伝兵衛が廊下から部屋の中に頭を下げると、お照の手で障子は閉められた。

「いったい、何ごとでございます」

三人の取り合わせに心当たりのないお勝は、訝るような声を出した。

「五日前のことだが、本郷竹町に囲われた女が刺し殺されたという一件があったんだよ」

佐藤がそう言うとすぐ、

「それは、小さな煙草屋もしていたというお春って女の人のことですか」

お勝が口を挟んだ。

「お勝さん、それをどうして」

作造から不審の声が飛び出すと、惣右衛門と佐藤の眼がお勝に向けられた。

十九日の朝、『ごんげん長屋』の井戸端で、植木職の辰之助から話を聞き、同じ日の昼過ぎには、殺された女の名がお春だということをお志麻から聞いた経緯《いきさつ》を打ち明けた。

「それは好都合だ。その後にわかったことを話すから、聞いてもらおう」

佐藤が少し改まると、お勝は小さく頷いた。

殺されたお春は、奉公人を何人も抱えている神田鍛冶町《かんだかじちょう》の煙草屋『松風堂《しょうふうどう》』の主、新兵衛《しんべえ》が囲っている、今年二十五の女だと、佐藤は話を切り出した。

宮永町の妓楼『梅川』の女郎だったお春が、三年前に請け出されたということは、お勝はお志麻からも聞いていた。

本郷竹町の平屋の妾宅《しょうたく》には、『小春屋《こはるや》』と名付けられた煙草屋があった。

畳一枚ほどの土間と、同じくらいの広さの板張りには、銘柄《めいがら》の違う煙草の他に煙管や煙草入れも並べていたが、それらは神田鍛冶町の新兵衛の煙草屋から届けられる品々だったという。

近隣には大名屋敷や旗本、御家人の屋敷も多く、『小春屋』の客筋には武家の女子衆《おなご》から軽輩《けいはい》の侍や中間《ちゅうげん》、それに町人の顧客もついていて、それなりに儲けは出ていたようだ。

「色町で生きた女にはよくあることだが、お春は飯炊《めした》きや裁縫《さいほう》が不得手《ふえて》だったので、お徳《とく》という、近所に住む五十近い亭主持ちを通いの女中として雇っていたよ」

佐藤はそう言うと、作造に眼を向けた。

作造は軽く頷くと、

「そのお徳から話を聞きますと、この一年半ばかり、旦那の新兵衛がお春のところにやってくるのが、間遠《まどお》くなったそうです。以前は三日にあげず来ていたものが、五日に一度になり、十日に一度となって、新兵衛が来ると、激しく言い争うこともあったようです。そんなこんなで、新兵衛はこのところ、月に二日も現れればいい方だと言っておりました」

淡々《たんたん》と口にした。

お徳はさらに、新兵衛との間がぎくしゃくすると、お春の暮らしぶりにも変化が見られたと、作造に告げていた。

繁華な町や行楽地《こうらくち》にも行くようになり、月に一度は必ず芝居見物に出掛けるようになって、夜になってから、酒の臭いをさせて家に帰ってくることもたびたびあったという。

「これは、確かめたわけじゃないんだが、お徳が仕事を終えて帰った後、お春はときどき、『小春屋』に男を引き入れていたようだとも言うんだよ」

作造は声をひそめると、お勝に向けて小さく頷いた。

お徳によれば、朝方、お春の家に行くと、寝乱れた布団が部屋の隅に押しやられているのを見たこともあるし、芥箱《ごみばこ》に捨てられた枕紙や抜けた髪の毛からもその痕跡《こんせき》は窺えたらしい。

しかしお徳は、お春を訪ねてくる男の姿を見たことはないとも断言しており、そのことに嘘《うそ》はないようだと、作造は言う。

「それじゃ、お春さんの不実に気づいた旦那の新兵衛さんが、かっとなって刺し殺したということでしょうか」

お勝は、心にわだかまっていた不審を控えめに口にした。

「いや。殺しのあった十六日の夜、新兵衛は煙草屋を営む同業の者三人と品川の料理屋に行き、そのまま近くの旅籠《はたご》に泊まったことを、本郷の目明かしが確かめているんだ」

佐藤ははっきりとした声でそう返事をすると、一旦間を置いて、

「ただ、お春の家には朝から夕刻にかけては、酒屋、魚屋、植木屋、青物売《あおものう》りなどの他にも、担ぎの小間物屋や豆腐屋《とうふや》に女髪結《おんなかみゆい》も出入りしているんだが、その誰もが十六日の夜の居所ははっきりしていたよ。ただ一人、貸本屋を除いてだが

ね」

そう言うと、佐藤は大きく息を吐いた。

するとすぐ、

「その貸本屋というのが、うちの長屋の与之吉さんなんだよ」

惣右衛門の沈んだ声に、

「なんですって」

お勝は大声を発した。

女中のお徳が話したところによれば、お春が親密そうにしていたのは、ときどき煙草を買いに来る市村座《いちむらざ》の大部屋の役者と近くの旗本家に寝泊まりする火消し人足《にんそく》だったが、四、五日に一度は本を担いでくる貸本屋の与之吉もその一人だったようだ。

役者も火消しも、十六日の夜は別の場所にいたことがはっきりしていた。

だが、与之吉だけは、その夜は馬喰町《ばくろちょう》の旅人宿《りょじんやど》に女と泊まったとは言うものの、その宿の名も覚えてはおらず、女の素性《すじょう》も頑《がん》として明らかにしないのだと口にして、佐藤は小さく息を吐いた。

「それで、十六日の夜とその翌朝、与之吉さんが長屋にいたのかいないのかを住人に確かめたいと作造親分から相談されたんだよ。だけど、皆に聞き回って、後でなんでもなかったということになると気まずくなるから、ここはひとつ、古株のお勝さんに頼んで、みんなからそれとなく聞き出してもらうのはどうかと申し上げたら、佐藤様のご承諾をいただいたので、申し訳なかったがここに来てもらったようなわけでね」

惣右衛門は、お勝に向かって小さく頭を下げた。

「差し出がましいことを申しますが、馬喰町の旅人宿ならせいぜい四、五十軒です。佐藤様の御用を承《うけたまわ》る目明かし衆に動いてもらえば、与之吉さんらしい男が泊まった場所ぐらい見つかるような気がしますが」

「さすがは馬喰町生まれのお勝さんだ。いいところに眼をつけたよ」

惣右衛門がそう言うと、

「実はそのことは、馬喰町のご同業の銀平《ぎんぺい》どんに頼んで、昨日から調べ回ってもらってるんだよ」

作造が口にした銀平は、お勝より三つ年下の幼馴染《おさななじ》みである。

「そのあげく、与之吉の言い分が嘘だということになれば、お春殺しの嫌疑《けんぎ》が色濃くなる。『ごんげん長屋』の家主であり、町役人《ちょうやくにん》でもある惣右衛門さんは面倒な立場になるから、この先、どうしたものかといい案を捻りに顔を合わせることにしたんだよ」

いつもは明快な物言いをする佐藤の声が、いささか困惑しているように聞こえた。

貸家や長屋の店子《たなこ》が罪を犯《おか》して捕らえられると、家主や大家まで累《るい》が及ぶことがあった。殺しの一件を解決するのが務《つと》めの佐藤は、惣右衛門の責まで問いかねない事態になる恐れもあり、その板挟みとなっているのかもしれない。

「与之吉さんが、竹町のお春さんと懇《ねんご》ろだったというのは確かなことなんですか」

お勝は、作造と佐藤に、静かに問いかけた。

「昨日、与之吉を呼び出して問い質《ただ》したが、それは本人も素直に認めていたよ」

そう言って、佐藤は頷く。

「貸本屋というのは、三、四日か四、五日に一度は本の交換のためにお得意先を回るから、相手とは親密にもなるもんだよ。その主だった得意先というのが、武家や商家の奥向きの女子衆もいれば、遊女屋の女郎衆やら妾宅に囲われた女たちだから、懇ろになっても珍しいことじゃあねぇ」

作造がそう言うと、

「しかし与之吉は、去年の暮れ近くからここまで、竹町のお春の家には一度も行っていないと言ってはいるがね」

佐藤は片手で左の頰《ほお》を軽く叩きながら、ため息を洩らした。

「久助《きゅうすけ》ですが」

障子の外から、若い男の声がした。

「開けな」

作造が返事をすると、すぐに障子が開いた。

廊下には、見覚えのある作造の下っ引きが片膝を突いていて、

「馬喰町の銀平親分が、『上州屋《じょうしゅうや》』という旅人宿の番頭を連れて、たった今自身番に見えました」

と、部屋の中に向かって頭を下げた。

三

下っ引きの久助が口にした自身番は、根津権現門前町の表通りにある。

四《よ》つ辻《つじ》の角地にある自身番の向かいには、旅籠があり、その隣は、『ごんげん

長屋』の住人、治兵衛が番頭を務める『弥勒屋』という足袋屋《たびや》である。

「この後のお調べは、どうか佐藤様のよろしいようにお取り計らいくださいますよう」

そう口にした惣右衛門は料理屋『喜多村』に残り、お勝は佐藤と作造、下っ引きの久助とともに善光寺坂を下り、自身番に向かっていた。

銀平は旅人宿『上州屋』の番頭を伴って来たらしいが、その屋号にお勝は聞き覚えがあった。

お勝の生家は、馬喰町一丁目にあった『玉木屋《たまきや》』という旅人宿だった。

その生家は、お勝が武家屋敷に奉公に上がっていた二十一年前、近隣から出た火事で焼失《しょうしつ》し、二親《ふたおや》と兄をそのときに亡くしていた。

小さい時分は町内を駆け回っていたから、生家と親しい同業の旅人宿は何軒もあった。

一丁目から三丁目まで合わせると、当時、五十軒近い旅人宿があったが、『上州屋』の看板は、三丁目で見かけたような気がする。

旅人宿というのは、もともとは訴訟のために江戸に出てきた者を泊めた公事人《くじにん》宿《やど》のひとつだった。

ところが、かなり以前から、公事訴訟人だけにかぎらず、旅の商人や江戸見物の客たちを泊めるようになり、ひとときの逢瀬《おうせ》に使う男女にも部屋を貸すようになっていた。

お勝は、佐藤と作造に続いて自身番の中に入り、久助は玉砂利《たまじゃり》の敷かれた上がり框の近くに控えた。

上がり框から続く畳の三畳間には、銀平と、『上州屋』と染め抜かれた印半纏《しるしばんてん》を着た、年の頃五十くらいの半白髪の男が畏《かしこ》まっており、畳の間に続く板張りの三畳間には、力なく首を折った与之吉が膝を揃えていた。

「これは佐藤様」

頭を下げた銀平は、すぐに腰を上げて板張りに移り、佐藤と作造とお勝に座る場所を空けた。

「わたしもこっちに」

そう言うと、お勝は板張りに移った。

「お引き合わせしますが、このお人が旅人宿『上州屋』の番頭、宗兵衛《そうべえ》さんでございます」

「宗兵衛でございます」

半白髪の男は、銀平に続いて口を開いた。

するとすぐ、

「『ごんげん長屋』の与之吉が、十六日の晩泊まったというのが、馬喰町のなんという旅人宿か訪ね歩きましたところ、『上州屋』だとわかったのでございます」

銀平ははっきりと告げた。

「板張りにいる、あの者に間違いないのか」

板張りで神妙に座っている与之吉を指し示した佐藤が、宗兵衛に問うと、

「その夜、旅のお人が酒に酔って騒いで、他の泊まり客と揉《も》めたんですが、こちらの与之吉さんが間に立って、騒ぎを収めてくださいました」

宗兵衛の口から、その夜の事情が語られた。

「銀平の親分から、念のために宿帳を持参するようにとのことでしたので」

そう言いながら、宗兵衛は懐から取り出した宿帳を開いて、佐藤の前に置いた。

「根津権現門前町、惣右衛門店《そうえもんだな》、貸本屋与之吉他一名か――十六日とは、宿に着いた日付だな」

帳面の字面《じづら》を口にして読んだ佐藤は、宗兵衛に日付を確かめると、

「さようでございます」

　と、明確な答えが返った。

「与之吉よぉ、独り者の男だから、誰と泊まろうと構やしねぇが、同宿した女は、口にはできない相手なのか」

　作造が世間話でもするような調子で話しかけると、少し躊躇《ためら》った後、

「実は、こちらのお勝さんもご存じの、『ごんげん長屋』の住人の、お志麻さんでして」

　与之吉は、小声でそう打ち明けた。

　すると、佐藤をはじめ、作造や銀平の視線がお勝に向けられた。

「なるほどねぇ」

　大きな声を張り上げたお勝は思わず笑みを浮かべ、得心したように大きく何度も頷いた。

　お勝は去年の師走、不忍池の畔《ほとり》に建つ出合茶屋《であいぢやや》から出てきた、与之吉とお志麻に似た男女を見た覚えがあった。

　そのときは確信が持てなかったが、夕間暮《ゆうまぐ》れの向こうに消えていった男女は、今思えば、やはり与之吉とお志麻だったに違いあるまい。

同心の佐藤利兵衛は、銀平と宗兵衛に礼を言うと、作造と久助を伴って一足先に根津権現門前町の自身番を出ていった。

その際、佐藤は与之吉に、「後は勝手にいたせ」と告げたが、それはお春殺しの嫌疑は晴れたということに他ならなかった。

お春が何者かに刺殺された十六日の夜、与之吉はお志麻と二人、馬喰町の旅人宿に宿泊していたことは、『上州屋』の番頭の証言で明確になったのだ。

佐藤と作造たちは本郷竹町の自身番に行って、他の同心や土地の目明かしたちと今後の調べをどうするかの策を練るということだった。

佐藤たちに続いて自身番を出たのは、お勝と銀平、それに宗兵衛と与之吉である。

「じゃ、お勝さん、わたしは『ごんげん長屋』に戻ります」

与之吉は、お勝たちに会釈をすると、表通りを鳥居横町の方へと歩き出した。

「宗兵衛さん、わたしは銀平さんと話もありますんで、先に帰ってもらうわけにはいきませんかねぇ」

お勝が丁寧に申し出ると、

「へい。この辺の道はよく知っておりますから、お気遣《きづか》いなく。では」

宗兵衛は、お勝に軽く頭を下げると、与之吉が向かった方へ、少し遅れて足を向けた。

「話っていうのはなんだい」

「『岩木屋』に戻りながら話すよ」

お勝は、体を根津権現社の方へ向けると、

「いえね、馬喰町界隈《かいわい》や、近藤《こんどう》道場の様子なんかを聞こうと思ってさ」

ゆっくりと歩《ほ》を進めると同時に話を切り出した。

「この前、近藤道場の沙月《さつき》さんに会ったら、年明け早々にお勝ちゃんが来てくれたなんて、喜んでたがね」

銀平の声に、お勝は「あ」と、小さな声を洩らした。

「年明けに馬喰町に来たんなら、なんでおれんとこに寄ってくれなかったんだよぉ。うちのおふくろだって、お勝ちゃんは水臭《みずくさ》いじゃないかなんて言ってたんだぜぇ」

「正月の挨拶に行ったのなら寄りもしたけど、あのときはあいにく、別の用件があったもんだからさ」

お勝は、口を尖《とが》らせて文句を言った銀平に、嘘をまぶして弁明した。

幼馴染みの近藤沙月が婿《むこ》を取り、父親から受け継いだ剣術道場を訪ねることが、年明け早々に馬喰町に行った、唯一の理由だった。

二十年ほど前、書院番頭《しょいんばんがしら》を務める二千四百石取りの旗本、建部《たてべ》家に奉公に上がっていたお勝は、当主の建部左京亮《さきょうのすけ》の手がつき、二十歳《はたち》のときに男児を産んだ。しかし、左京亮の正妻による強硬な意見によって、市之助《いちのすけ》と名付けられた男児は建部家に奪われ、お勝は屋敷から放逐《ほうちく》されたのである。

そのとき以来、お勝は建部家には背を向け、男児を産んだことさえも忘れたように年月を重ねていた。したがって、男児を成したことを知っている者は、お勝の身の回りには一人もいない。

ところが昨年の十一月、料理屋『喜多村』の隠居、惣右衛門の仲立ちで、建部家の用人《ようにん》として長年勤めている崎山喜左衛門《さきやまきざえもん》と十八年ぶりに対面したのである。

喜左衛門は、当時、乳飲み子の市之助を手放すことを頑強に拒《こば》んでいたお勝を説得する役目を負っていた。だが、高飛車《たかびしや》な態度ではなく、喜左衛門がお勝の苦衷《くちゆう》を思いやりながらも、己の役目を貫《つらぬ》いているのだということを知ったのだ。

その後、喜左衛門の説得に応じたお勝は、市之助を手放して屋敷を去ったのだった。

喜左衛門と再会した昨年の十一月、お勝は、市之助は元服《げんぷく》したあと源六郎《げんろくろう》と名乗り、建部家の後嗣《こうし》となったことを知らされていた。

そんな話を聞かされても、お勝にはどこか遠いところで起きたことを耳にしているようだった。

ところが、松が取れた今年の正月八日、根津権現社に現れた崎山喜左衛門から、思いもしないことを聞かされたのである。

源六郎が日本橋亀井町《にほんばしかめいちょう》の近藤道場に通っているのを、つい先日知ったと、喜左衛門は打ち明けた。

前々から剣術の稽古《けいこ》に熱心だった源六郎は、建部家の家臣が口にする香取神道流《かとりしんとうりゅう》を指南する近藤道場の評判を聞きつけ、門人《もんじん》の列に加わったという。

それだけならどうということはないのだが、かつて建部家に奉公していたことなどが沙月の口から洩れれば、お勝が屋敷を去った経緯までもが源六郎に明らかになるのではないか。

そんな不安を抱えて近藤沙月を訪ねたお勝は、図らずも、稽古に来ていた源六郎を目《ま》の当たりにしたのだった。

そのとき、よほどのことがないかぎり亀井町の沙月を訪ねるのはやめようと心に決め、その日以来、近藤道場にも馬喰町にも足を向けていない。

そんな事情など言えないお勝は、

「馬喰町の方には、今度、落ち着いたときに行くから、水臭いなんて言わないでって、おばさんにはそう言っておいてよね」

両手を合わせて銀平を拝《おが》んだ。

根津権現門前町の自身番に行灯《あんどん》がともされていた。

今日の午後、同心の佐藤や、旅人宿『上州屋』の番頭を連れてきた銀平などと顔を突き合わせた、同じ自身番である。

片隅に置かれた火鉢に火の気はなく、提灯が掛かった板壁のある三畳の畳の間には、町役人を務める伝兵衛、目明かしの作造、お勝が並び、与之吉とお志麻が三人の向かいに座っている。

六つ半(午後七時頃)という刻限をほんの少し過ぎた頃おいである。

「集まってもらうのは、わたしの家でもよかったんだが、作造親分の姿が見つかると住人が気を揉むかもしれないから、自身番にしたんだよ」

お春殺しのおおよそのあらましを知っているお勝の同席を求めたとき、長屋から離れた場所にしたわけを、伝兵衛は述べていた。

そして、一同が自身番に顔を揃えると、

「ここで顔を揃えた後、本郷竹町の自身番でも土地の目明かしたちと話し合ったんだが、下手人《げしゅにん》に繋《つな》がる手がかりがなかなか見つからねぇ。それで、死んだお春さんと関わりのあった与之吉と、根津の妓楼にいた時分を知ってるお志麻さんに、お春さんにまつわる話をしてもらい、佐藤様の元で動いている目明かしたちと、明日、今後の調べについて話し合いを持つことになってるんだよ」

そう口にした作造の声音《こわね》には、解決の糸口が摑めない焦《あせ》りのようなものが滲《にじ》み出ていた。

「みんなの前じゃ言いにくいだろうが、一番関わりの深い与之吉さんから話をしてもらえないかね」

伝兵衛が穏やかに持ちかけると、

「へぇ。正直に言いまして、気の合ったお春さんとは、色恋だけの間柄だったんですよ」

口を開いた与之吉は、二人の間には金が絡むこともなく、二人とも、所帯を持つつもりもなかったと打ち明けた。

しかも、お春には与之吉の他にも、家に招き入れる男がいたとも口にした。

「この三月《みつき》ばかり、お春さんの家に行っていないということだったが、それに嫌気がさしたのかい」

「そうじゃねぇんです」

与之吉は、問いかけた作造をまっすぐに見て、はっきりと答えた。

そして、去年の夏の終わりぐらいから、お春の様子に荒《すさ》みのようなものが見え始めて、お春と会うのを躊躇うようになったのだと、言い切った。

「どっちかの気持ちが荒んでると、遊びってもんはつまらなくなるもんです。それで段々、竹町河岸通りの方へは足を向けなくなったんですよ」

与之吉が口にした竹町河岸通りとは、本郷元町《ほんごうもとまち》から本郷竹町の南端を東西に延びている通りの名である。

元禄期には神田川には竹材《ちくざい》を下ろす河岸があったことから、通りにその名が残ったようだ。

「お春さんの荒みとは、お前さん、なんだと思うね」

作造が静かに問いかけると、

「折に触れ、お春さんの口からは旦那への不満がこぼれ出てました」

与之吉も静かな声で答えた。

その不満の大本《おおもと》は、お春を請け出すときの新兵衛のやり口に起因しているようだと、与之吉は言う。

『梅川』の女郎だった時分のお春には、身請けを約束していた馴染みの客がいたのだが、その男には、身請けする金を揃えられるほどの財力はなかった。

そのことを知った新兵衛が、お春の馴染みに手切れ金を渡して去らせた後、自分が請け出したという経緯があった。

仕方なく新兵衛に囲われたものの、いつ、どのようにしてかはわからないが、請け出されたときの経緯を知ってしまったのではないかというのが、与之吉の推測だった。

「お春さんはどうも、請け出された後は、大川端《おおかわばた》の近くか海の見える芝《しば》、品川辺りに住まわせてもらえると思っていたようですよ」

そう切り出したのはお志麻だった。

先日、『梅川』の若い衆と会ったときもそんな話を聞いたという。

妾宅で商売をするなら、煙草屋ではなく、千代紙《ちよがみ》や半襟《はんえり》、白粉《おしろい》や簪《かんざし》などを商

う小間物屋を望んでいたらしく、

「なんだか、当てが外れた」

などと、昔の知り合いに会うと愚痴《ぐち》をこぼすこともあったらしいと与之吉が口を開き、お志麻の話を裏付けた。

さらに、

「去年の夏ぐらいには、旦那には他に女がいるとも口にしていましたよ。囲っているのか通っているのかは知らないが、自分は使わない香油《こうゆ》や白粉の匂いがすると言ってました。お春さんに荒みを感じたのは、その時分でしたよ。他の男と遊ぶのは、旦那への意趣返《いしゅがえ》しのようで、そういうお春さんの思いが、こっちには段々重くのしかかってきましてね。それで、近づくのをやめたんです。重いものを背負ってちゃ、気が置けない遊びにはなりませんからねぇ」

そう言い終わると、与之吉は、ふうと小さく息を吐いた。

「なるほどね」

お勝は、与之吉の言い分に感心して、思わず声を出した。すると、

「与之吉さんの言うのも、わかります」

お志麻までそう言い、

「女が一番堪《こた》えるのは、男に飽きられたと知ったときですからね。相手とは、たとえ、金ずくで繋がっていたとしても、心が離れたと知ったら、自棄《やけ》にもなりますよ」

腹の底から絞《しぼ》り出すようなため息をついた。

そこまでの話には、お春殺しの下手人に繋がるような手がかりは出ず、胸の前で腕を組んだ作造は、軽く唸《うな》って天を仰《あお》いだ。

「その、新兵衛に手切れ金を貰って身請けを諦《あきら》めた馴染みの男が、お春さんに会いに行ったなんてことは、ありませんかね」

伝兵衛が大胆な推測を口にしたが、作造もお勝も、与之吉までもが、小さく唸って首を傾《かし》げただけだった。

四

昼過ぎてから、根津権現門前町一帯は、どんよりとした雲に覆《おお》われた。

いつ雨が降ってもおかしくない雲行きである。

まだ八つ（午後二時頃）だというのに、『岩木屋』の蔵の中は夕暮れたように薄暗い。

お勝は帳面を片手に、質草を預かる期日の確認と、品物に異常がないかを見て回っている。本来は蔵番の茂平の仕事だが、珍しく、この日は休んでいた。

店を開ける前に、茂平の休みを知らせに来たのは、同じ長屋に住んでいるという鋳掛屋《いかけや》の娘だった。

それによれば、今朝早く井戸端で足を滑らせた弾《はず》みで、腰を痛めたということだった。

「腰に膏薬《こうやく》を貼って寝ているから、明日には行ける」

茂平の言付けを告げるとすぐ、鋳掛屋の娘は長屋へと戻っていった。

「お勝さん、作造だが」

蔵の戸口から聞き覚えのある声がした。

「お入りくださいな」

お勝が返答すると、草履《ぞうり》を脱いだ作造が蔵の中に入ってきて、

「こないだは、ご足労願ってどうも」

軽く会釈をした。

こないだというのは、与之吉とお志麻を根津権現門前町の自身番に呼び出し、お春に関する話を伝兵衛も交《まじ》えて尋ねた、三日前の夜のことだろう。

「実はあの後、伝兵衛さんが口にしたことが気になってね」

そう切り出した作造は、

『新兵衛に手切れ金を貰って身請けを諦めた馴染みの男が、お春さんに会いに行ったなんてことは、ありませんかね』

そのようなことを伝兵衛が口にしたのは聞こえたが、そのときはあまり誰も気に留めなかった。

だが、作造は翌日になってどうにも気になってしまい、調べたのだと打ち明けた。

妓楼『梅川』に行き、お春の以前の馴染み客のことを尋ねると、楼主の口から、池之端仲町《いけのはたなかちよう》の料理屋『富佐弥《ふさや》』の料理人で市松《いちまつ》という、当時、二十七、八くらいの男の名が挙がったという。

「すぐに池之端仲町に行ったんだが、市松はその板場を追い出されていて、その後のことは、『富佐弥』の者は誰も知らないということだった。その当時住んでいた長屋にも行ってみたが、二年前に出ていった後は、大家も住人も、皆目《かいもく》知らないと口を揃えていたよ」

「それで」

お勝はつい、声をひそめた。

「仕方ねぇから、『小春屋』の通い女中をしていたお徳さんに会いに、本郷竹町に行ったんだが、市松らしい男が来たことはないし、見たこともないという返事だったよ」

「そりゃ親分、ご苦労でしたねぇ」

お勝は、心からの労《ねぎら》いの言葉を口にした。

すると、

「ただね」

と、作造がぽつりと声を洩らし、

「お徳さんの話だと、この半年ばかり、お春さんは、竹町河岸通りを通る若侍を見るのを心待ちにしていたらしいんだよ」

「ほう」

囲われ者と若侍の意外な取り合わせに、お勝は驚いたような声を出してしまった。

「だが、お徳さんが言うには、色恋というものじゃなかったらしいんだ。それであるとき、お春さんに、お侍の何を待っておいでなんですかと聞いたら、足音だよって、そういう声が返ってきたと言うんだ」

「ほう」

お勝の口から、今度は、好奇に満ちた声が出た。

「このところの、竹町河岸通りをやってくる旦那の足音は、お義理の音がするね。仕方なく、ため息をつきながら来てやっているという音だよ。ところが、あのお侍の足音はしっかりと踏ん張ってるが、軽やかでいいよ。活《い》き活《い》きとして、心地のいい音がするんだ」

そんなことを口にしていたと言って、お徳はお春を偲《しの》んでいたという。

お徳によれば、その若侍は、何日かに一度、弓の稽古の行き帰りに竹町河岸通りを通っていたようだ。

布で巻いた長い弓と、矢筒《やづつ》を手にしていたので、御茶ノ水の馬場《ばば》に通っているに違いないと推測したが、そのことを、お春もお徳も直《じか》に尋ねたことはなかった。

「夏の暑い日なんか、御茶ノ水の方から汗をかいて上がってくるお侍に、お春さんは、麦湯《むぎゆ》や冷や水を飲ませてやっていましたよ」

お徳はそう言ってため息をついたと、お勝は、作造からそう聞かされた。

「それじゃ、おれはこれで」

話を終え、その場を去りかけた作造がふと足を止め、

「お徳さんが言うには、その若侍は、去年の暮れ辺りから竹町河岸通りを通らなくなったようだよ」

ため息交《ま》じりにそう言うと、蔵の戸口から表へと出ていった。


この二日ばかりの間に二度も雨が降って、根津権現門前町の表通りも裏通りもほどよく湿っていた。

棒手振《ぼてふ》りが足早に行《ゆ》き交《か》っても、荷車が疾走《しっそう》しても、砂埃が舞い上がらないというのは大いに助かる。

七つ半（午後五時頃）に『岩木屋』の仕事を終えたお勝は、夕日に染まった通りを『ごんげん長屋』への帰路に就《つ》いていた。

「お勝さん」

横合いから聞き覚えのある男の声が掛かった。

足を止めると、自身番近くの小道から同心の佐藤が姿を見せ、

「お春殺しの下手人をお縄にしたよ」

いきなりそう告げた。

お縄にしたのは、本郷竹町の目明かしと佐藤より若い同心だった。町廻《まちまわ》りの途中に知らせを受けて、これから大番屋《おおばんや》に行くところだという。牢屋敷《ろうやしき》が混んでいるときは、各所にある大番屋で罪人の詮議《せんぎ》が行われることは、お勝も聞いたことがある。

「長屋に帰るのなら、歩きながら話すよ」

佐藤からの申し出を、

「是非」

お勝はありがたく受け、佐藤と並んで歩を進めた。

「下手人はね、お春の旦那の煙草屋『松風堂』の手代だった」

思いがけない佐藤の言葉に、

「そりゃあ」

お勝はつい口ごもってしまった。

「その手代は、旦那の新兵衛に言いつかって、月に一度か二度、『松風堂』の煙草を竹町の『小春屋』に届けているうちに、お春に横恋慕《よこれんぼ》したようだ」

「なるほど」

そういう事情は、お勝にも得心がいった。

煙草を届けに行くと、ときには茶を淹《い》れてくれたり駄賃をくれたりすることもあったので、お春が自分に気を許していると思ったらしい。

「お春への思いを募《つの》らせた手代は、十六日の夜、『小春屋』を訪ねて、思いの丈《たけ》を口にして言い寄ったそうだよ。ところが、お春に激しく拒まれ、そのうえ、旦那に言いつけてやるなどと罵《ののし》られてかっとなったあげくに、台所の包丁《ほうちょう》で、二度三度と刺したというのが、大まかな顚末《てんまつ》だよ」

佐藤はそう言うと、足を止めた。

「『ごんげん長屋』は、ここを左だったたね」

「はい」

と答えて、お勝は小さく頭《こうべ》を垂れた。

「この後、大番屋で手代から詳しく話を聞くことになるが、大筋が変わることはないと思うよ」

そう言って歩き出した佐藤は、「それじゃ」とでも言うように、ひょいと片手を挙げ、背を向けたまま去っていった。

「『岩木屋』の番頭さん、今お帰りかい」

そう声を掛けて通り過ぎていったのは、根津権現社近くでときどき顔を見かける唐辛子売《とうがらしう》りだった。

「気が向いたら、『岩木屋』にも売りにおいでよ」

お勝も声を掛けると、

「へぇい」

夕日の翳《かげ》り始めた通りに、唐辛子売りの声が長閑《のどか》に響き渡った。

『ごんげん長屋』は夜の帳《とばり》に包まれている。

「それじゃ、ちょいと行ってくるよ」

家の中の子供たちに声を掛けて、お勝は路地に出て、大家の伝兵衛の住まいへと足を向けた。

夕方、表通りで同心の佐藤を見送ってから長屋に戻ると、

「さっき、大家さんが来て、夕餉の後、何も用事がなかったら、六つ半（午後七時頃）見当に家に来てもらいたい」

お琴から、伝兵衛の言付けを聞かされた。

お勝は、夕餉の前に町内の湯屋《ゆや》に行き、帰るとすぐ子供たちと夕餉を摂ったの

だが、六つ半には間があったので、夕餉の後片付けに手を貸すことができた。

伝兵衛の家は、お勝の家のある九尺三間《くしやくさんけん》の棟割《むねわり》長屋の北側にある。

「勝ですが」

開けっ放しになっている伝兵衛の家の戸口で声を掛けたお勝は、何人分もの履物がひしめき合っている三和土の隙間《すきま》に下駄《げた》を脱いだ。

長火鉢《ながひばち》の置かれた伝兵衛の居間へと入り込むと、すでに集まっていた彦次郎、お六、お富と岩造夫婦、お啓と辰之助夫婦、藤七たちは、伝兵衛とは長火鉢を挟む形で腰を下ろしていた。

「今時分、長屋にいる者は集まったようだから、大家さん、用があるならそろそろ始めてもいいんじゃありませんか」

岩造が声を上げると、

「あと二人来ることになっているから、もう少し」

伝兵衛が戸口の方に首を伸ばした途端、「来た来た」と笑みを浮かべると、居間に入ってきた与之吉とお志麻が、長火鉢の傍《かたわ》らに二人並んで膝を揃えた。

「今夜長屋にいない人には後日知らせますが、ともかく、ここにおいでのみんなには、与之吉さんとお志麻さんが所帯を持つってことを知らせておきますよ」

改まった伝兵衛の声を聞いても、居間にいた連中はぽかんと口を開けただけである。

「わたしら、所帯を持っても当分はここにおりますんで、今後ともひとつよろしくお頼みします」

「よろしくどうぞ」

お志麻が、与之吉に続いて頭を下げると、やっと、

「ええっ」

突然、お富とお啓が驚きの声を上げた。

「二人はいったい、いつの間に」

素《す》っ頓狂《とんきよう》な声を出したのは岩造である。

「二人が行き来しているなんぞ、気づきもしなかったよ」

辰之助がそう言うと、

「長屋で行き来なんかしてませんよ」

お志麻は苦笑しながら、右手を横に振る。

お勝は、お志麻の言ったことに間違いはないと思える。

与之吉とお志麻は、長屋の外で逢瀬を重ねていたに違いないのだ。

「藤七さん、お志麻さんの隣にいて、与之吉さんが通っていた気配は知ってたんじゃありませんか」

事実を追及する岩造の声に、鋭さが増した。

「冗談じゃねぇ。年を取ると、耳も勘も鈍《にぶ》るもんなんだよ」

藤七は岩造に向かって言い返した。

「だけどお志麻さん、貸本屋のご贔屓《ひいき》は女が多いって言うからお気をおつけよ」

お啓が年長者として、やんわりと忠告を口にすると、

「お啓さん、お志麻さんを女房に持ったら、他の女になんか眼が行くわけがねぇよ。なぁ、与之吉さん」

岩造が得意げに声を上げると、

「なんだいお前、わたしが女房だったら、目移りしても当たり前だって、そう言うんだねっ」

お富の鋭い声が飛んだ。

「いやいや、おれは何もさぁ」

岩造は口ごもって顔を引きつらせた。

するとそこへ、お琴と幸助とお妙が、沢木栄五郎を従えて飛び込んできた。

「どうしたんだい」

お勝が声を掛けると、

「お勝さんの家の前を通りかかったら、三人が飛び出してきて、大家さんの家で喧嘩《けんか》が始まったらしいと言うので」

そう口にした栄五郎は、集まっていた住人たちを、訝るように見回した。

「実はね、沢木さん」

笑みを浮かべた伝兵衛が、栄五郎とお琴たちに、与之吉とお志麻が所帯を持つことになったので、お披露目《ひろめ》をしたところだと打ち明けた。

「あぁ、それはめでたい」

栄五郎の声に、与之吉とお志麻は丁寧に頭を下げた。

「お師匠様には、おかみさんになってくれるような人はいないんですか」

お妙が真顔で尋ねると、

「うん。あいにく、いないねぇ」

栄五郎は、笑みを浮かべた。

「独り者なら、お六さんがいる」

そう声を上げたのは、幸助だった。

「沢木先生のような性分のお人なら、考えてみましょうかねぇ」

お六の口から、陽気な声が上がると、

「いやいやいや」

栄五郎は大いに慌てふためいた。

伝兵衛の家に集まっていた住人は、ほんの少し前にそれぞれの家に帰っていった。

お勝と子供たちは、帰ってくるとすぐ寝る支度を始めたのだが、

「わたし、お志麻さんは、お師匠様を好きなんだと思ってた」

夜具《やぐ》を敷きながらそう呟いたのは、お妙だった。

「どうして」

お琴に問われると、

「だって、お志麻さんはときどき、お師匠様の茶碗や笊《ざる》や鍋釜《なべかま》を洗ってやってたもの。そのお返しにって、お師匠様が水汲みを手伝うと、お志麻さんは嬉しそうにしてたし」

「お妙、そういうことをするのは、何も好いた惚《ほ》れたの間柄だけだとはかぎらな

いよ」

お勝は、やんわりと口を挟むと、さらに、

「ここの住人は、年の行った藤七さんや独り身になった彦次郎さんに、食べ物のお裾分けをしたり、洗濯をしてやったりするじゃないか。なんの見返りも考えもせずにそういうことをするのが、思いやりってもんなのさ」

そう締めくくると、お妙の横で、お琴も幸助も神妙な顔つきをしていた。

「沢木先生は、この先も独り身を通すのかな」

お琴が呟くと、

「さっき、お六さんはお師匠様を褒《ほ》めてた」

「あれは冗談に決まってる」

幸助は、お妙の発言を一刀のもとに切り捨てた。

「なんだって、もう一遍《いっぺん》言ってごらんよ」

ふたつ先に住む岩造の家から、女房のお富の怒声《どせい》が届くと、

「やめろっ、お富」

すぐに、切羽《せっぱ》詰まった岩造の声が続いた。

「与之吉さんが羨《うらや》ましいって、何がどう羨ましいんだよっ。お前、お志麻さんに

惚れてたんだねっ。何が違うのさ。身のほども知らずに惚れてたから、うまくやりやがってなんて台詞《せりふ》が飛び出したに違いないんだ。ちくしょう。明日の朝は、おまんま抜きだから、覚悟おしよっ」

お富の舌鋒《ぜっぽう》鋭い追及の言葉が響き渡ったのを最後に、夫婦喧嘩の声は止《や》んだ。

「岩造さん、可哀相に」

お妙が呟くと、お勝とお琴と幸助は、笑い声を出すのを懸命に堪《こら》えて身をよじった。

五

あと四日もすれば月が替わるという昼下がりの本郷は、まるで夏のような陽気だった。

旗本家屋敷の涼やかな部屋にいたお勝にすれば、外に出た途端の熱気は、いささか参る。

朝から昼までは、帳場に座ったり、客の相手をしたりしていたが、九つ（正午頃）の鐘《かね》を聞くと同時に、質舗『岩木屋』を出て、四千五百石の寄合《よりあい》、本多《ほんだ》家の本郷二丁目の屋敷に行った。

武家にも損料貸しをしている関係上、下級の武家から大身《たいしん》の旗本まで、『岩木屋』の客層は幅広いうえに、信用も得ていた。

今では、『目利きなら岩木屋の番頭に頼む』という大身の旗本もいて、『岩木屋』の本来の仕事からは離れるものの、お勝は物の目利きのために招かれることがときどきあった。

そのことには主の吉之助も寛容で、この日も、頼まれて目利きに出掛けるお勝を送り出してくれたのだった。

お勝が絵や刀、骨董《こっとう》の真贋《しんがん》がわかるようになったのは、質舗『岩木屋』の番頭になってからではなかった。

十六の頃から旗本の建部家で女中奉公をしていた時分、様々な装飾品、着物、什器《じゅうき》を間近に見ていたことで、知らず知らず眼力が養《やしな》われたのではないかと思われる。

それが質屋の番頭になって十年以上、持ち込まれる質草を見続けている間に、目利きにはさらに磨きがかかったような気がする。

だが、自分の目利きに自信がないときは、その道の職人を頼ることにしている。

たとえば、刀剣のことは、『ごんげん長屋』に住んでいる研ぎ師の彦次郎に見てもらうこともあるし、知り合いの塗師《ぬし》や絵師の眼に縋《すが》っている。

お勝がこの日、本多家で頼まれたのは、当主に献上された茶器が、箱書《はこがき》に記された通り、備前《びぜん》の陶工《とうこう》の手によるものかどうかを見てほしいということだった。

「わたしの眼には、箱書の通りの逸品《いっぴん》だと映《うつ》ります」

そう返答して、お勝は目利きを終えた。

本多家からは、目利き料が差し出されたが、

「素人《しろうと》の目利きですから」

と辞退して、屋敷を後にしたのである。

その代わり、お茶請《ちゃう》けに出された菓子を所望《しょもう》すると、箱に詰めて持たせてくれた。お勝の子供たちには、日頃めったに口にできないような銘菓《めいか》だった。

屋敷を出たお勝は、壱岐殿坂《いきどのざか》から続く御弓町《おゆみちょう》の坂道を本郷通りへと向けた足を、ふと止めた。

本多家の屋敷の前から坂道を南へ下れば、竹町河岸通りに通じることに気づいたのだ。

竹町河岸通りには、与之吉やお志麻とも関わりのあった宮永町の元女郎、お春

の妾宅と煙草を売る『小春屋』がある。

『小春屋』はすでに店を閉めているとは思ったが、まだ先のある命を儚《はかな》く絶《た》れたお春が住んでいた家を見てみようと、お勝は本郷元町と本郷竹町の間の道をゆっくりと下った。

四つ目の四つ辻に差しかかったところで、足を止めた。

お勝の眼の前を左右に延びている道が、竹町河岸通りだった。

竹町河岸通りの北側は町家だが、南側は武家地になっていて、外堀の役目を負っている神田川の向こうに、武家屋敷のひしめく駿河台《するがだい》が望めた。

竹町河岸通りの四つ辻に立って左右に遣ったお勝の眼に、表を板戸で閉められた小ぶりな平屋が飛び込んだ。

その家の軒《のき》に下がった絵看板に、煙を上げる煙管の絵と『小春屋』の文字がある。

作造親分から聞いていた通りの場所に『小春屋』はあった。

お勝がゆっくりと歩み寄ると、閉められた板戸の前には、人が二人は楽に座れるくらいの木製の腰掛《こしかけ》が、片付けるのを忘れられたかのように残っていた。

家の中に、人の気配はない。

お春の死後、女中のお徳がここに足を踏み入れることはないのだろう。

お勝は、腰掛にゆっくりと腰を下ろした。

眼の前の竹町河岸通りには、少し西に傾《かたむ》いた日が射し、その照り返しが、お勝が腰掛けている軒下にまで届いている。

つい先ほどから聞こえていた足音が近づいてきたと思ったら、袴《はかま》を穿《は》いた侍の足がお勝の眼の前で止まった。

二十を少し過ぎた若侍は、布で巻いた大弓を片手に持ち、矢筒の紐を肩に掛けていた。

「行きも閉まっていましたが、ここは、今日は休みなのですか」

丁寧な口を利くと、若侍は『小春屋』の佇《たたず》まいを見回した。

「こちらの『小春屋』さんとは、顔馴染みのお侍様ですね」

腰掛から腰を上げたお勝は、

「こちらの女中のお徳さんから、あなた様の話を聞いていましたよ」

「そうでしたか」

若侍は笑みを浮かべると、お勝に向かって深く腰を折った。

「弓のお稽古ですか」

「はい。昌平坂《しょうへいざか》学問所の隣に馬場がありまして、弓の稽古もできますので」

「その行き帰りにここをお通りになるんですね」

「稽古のある日は、必ずここを通っております」

若侍の物言いは、はきはきとして気持ちがいい。

「お住まいが、この近くでございますか」

「仕《つか》えるお屋敷が、壱岐殿坂下ですので」

若侍はそう言うと、

「ではわたしは」

きりっと頭を下げて、竹町河岸通りを西の方へ足を向けた。

「もし」

お勝が声を掛けると、若侍が振り向いた。

「こんなこと、わたしの口からお尋ねしていいかどうかわかりませんが、『小春屋』の女将さんが亡くなったことは、ご存じじゃあなかったんですね」

お勝が静かに口を開くと、驚きの色が顔に貼りつき、

「いつ」

若侍が掠《かす》れた声を洩らした。

「亡くなったのが、十六日でしたから、かれこれ十日になります」

お勝が返事をすると、若侍は、はぁと弱々しい息を吐いた。

「わたしは、藩の御用を言いつかって、三月《みつき》ばかり国元の美濃《みの》に行っておりまして、やっと五日前に戻ってきたばかりでした。今日、久しぶりに弓の稽古に行った帰りだったのですが、そうですか。亡くなられましたか」

先刻、仕える屋敷は壱岐殿坂下にあると言い、国元の美濃に行っていたとも口にしたことから、若侍はおそらく、郡上《ぐじょう》藩四万八千石、青山大膳亮《あおやまだいぜんのすけ》家の上屋敷に勤める藩士のようだ。

「あの女将さんは、あの若さで、何ゆえ亡くなられたのですか」

「さぁ。それは、詳しくは知りませんで」

お勝は、嘘をついた。

痴情《ちじょう》のもつれで殺されたなどとは言いたくもなく、

「お徳さんから聞いたことがあるんですが、こちらの女将さんは、あなた様の足音を聞くのを楽しみにしておいでだったようですよ」

お勝は話を変えた。すると、

「はい。いつでしたか、そう言っていただいたことがあります」

若侍の顔に、微笑《ほほえ》みが浮かんだ。

「稽古の後は、体も顔も汗をかいて道を上るので、よかったら腰掛で休んでいって構いませんよと、声を掛けていただきました」

若侍はそう言うと、さっき、お勝が腰掛けていた腰掛を指さした。

「休んでいると、寒いときは熱い茶をくださり、夏の暑いときには、冷や水売りから買ったという冷たい水を頂戴《ちょうだい》しました。いつも、ありがたく、甘えさせていただきました」

「お春さんはきっと、あなた様に喜んでもらうのが嬉しかったんだと思いますよ」

「あ。女将さんは、お春という名でしたか」

「えぇ。ご存じじゃありませんでしたか」

「はぁ」

そう呟いて、若侍は軒下に下がった絵看板を見上げた。

「あ。わたしは、新関清史郎《にいぜきせいしろう》です」

「新関様」

お勝は、腹の中で復唱《ふくしょう》した。

「そういえば、わたしもついに、女将さんには名乗らずじまいでした」

「そうでしたか」

「それにしても、亡くなられたとは――」

そう呟くと、清史郎は、『小春屋』の佇まいを眼に刻《きざ》むように、建物の端から端へとゆっくりと顔を動かした。

「儚いものですね」

清史郎の声に、

「ほんとに」

お勝も相槌《あいづち》を打った。

「では、わたしは」

お勝に向かって深々と腰を折ると、清史郎は竹町河岸通りの西端の丁字路《ていじろ》を北の方へ曲がった。

その姿が消えてからも、砂地を蹴るように進む清史郎の足音が聞こえている。

なるほど、活きのいい清々《すがすが》しい音である。

この音を、お春は待っていたのだ。

旦那に不満を抱えていたお春に、心待ちにするものがあったと知って、お勝はわずかに救われた気がした。

清史郎の足音が、午後の青空に吸い込まれるように、消えていった。

第三話　法螺《ほらふ》吹き男

一

根津権現門前町の表通りはかなり傾《かたむ》いた西日を受けていた。

七つ半（午後五時頃）を過ぎたばかりの通りには、日が落ちる前に用事を済まそうというお店者《たなもの》や空の盤台《ばんだい》を担《かつ》いだ棒手振《ぼてふ》りなど、様々な物売りたちが急ぎ足で行《ゆ》き交《か》っている。

その間を縫うように、荷車や飛脚が駆け抜けていく。

仕事を終えた帰途《きと》、お勝がいつも眼にする光景である。

だが、あと四半刻《しはんとき》（約三十分）もすれば、大工や左官など、出職《でしょく》の連中たちが仕事を終える頃おいとなり、家路を急いだり、飯屋や居酒屋へ寄り道をしたりする職人たちの姿が通りに増えてくる。

そのうえ、根津権現門前町や根津宮永町に軒《のき》を並べる岡場所を目指してやってくる男たちもいるから、妓楼《ぎろう》に灯《ひ》がともる時分ともなれば、一帯は艶《なま》めかしい夜の顔を見せるのだ。

「お勝さん、今お帰りですな」

聞き覚えのある声が掛かったのは、足袋屋《たびや》の『弥勒屋』の店先だった。

その『弥勒屋』の番頭であり、『ごんげん長屋』の住人の治兵衛が、お勝に笑みを向けていた。

治兵衛の傍《かたわ》らには、目明かしの作造の下っ引きをしている久助と、お勝も顔を知っている隣の旅籠《はたご》の若い衆の福松《ふくまつ》が立っており、どうやら立ち話の最中だったようだ。

「なんだか珍しい取り合わせですねぇ」

お勝は三人の前で足を止めた。

「『松乃屋《まつのや》』の福松さんから、この辺りや江戸の名所名跡《めいしょめいせき》を教えてほしいと言われてたとこなんですよ」

お勝の不審に、治兵衛が笑顔で返答した。

「近郷から江戸見物に来た泊まり客に、いろいろ聞かれるんですが、わたし、江戸に来てからまだ半年ですので、お答えできないのがもどかしくて」

「福松さん、あと三日もすれば四月ですから、そうなると江戸は花盛りですよ」

自慢げに声を出したのは久助で、

「亀戸天神《かめいどてんじん》の藤見物に、木下川薬師《きねがわやくし》の杜若《かきつばた》、深川永代寺《ふかがわえいたいじ》の牡丹《ぼたん》」

胸を張ってそう言い切った。

「花もいいが、わたしは、堺町《さかいちょう》葺屋町《ふきやちょう》の市村座や中村座《なかむらざ》の芝居を勧めたいねえ」

「芝居かぁ」

福松は、治兵衛の勧めに強く反応を示した。

「後は、千代田《ちよだ》のお城や、お国の殿様のお屋敷見物に上野東叡山や浅草寺《せんそうじ》、護国寺《ごこくじ》の参拝《さんぱい》」

「治兵衛さん、それじゃ江戸に来た甲斐《かい》がないというもんですよ。色気が足りない。江戸見物に来た人に教えたいのは、両国《りょうごく》の賑《にぎ》わいだね。芝居も見世物小屋も人形芝居もあって、寄席《よせ》を覗《のぞ》いたり水茶屋《みずぢゃや》の女をからかったり、楊弓場《ようきゅうば》で遊んだり、小間物屋に行けば、江戸土産《えどみやげ》の浮世絵や枕絵《まくらえ》もあるという、男にはなんとも堪《こた》えられない繁華な町が、両国ですよ」

治兵衛のお勧めに異を唱《とな》えた久助の口から飛び出した両国は、なんでもありの歓楽の地だが、混雑するのをいいことに、掏摸《すり》やかっぱらいも横行《おうこう》する土地柄である。

初めて江戸見物に来た人たちには、かなりの用心がいる。

「福松さん、わたしならこの時季、あちこちのお寺やお社《やしろ》の庭を見て回るのをお勧めしますよ。舟を使えば、大川に出て、深川にも亀戸にも行けますからね」

お勝が別の案を口にすると、

「そうかねぇ」

久助は首を傾《かし》げたが、お勝の口出しに腹を立てている様子ではない。

「わたしも、お勝さんのお勧めがいいように思いますがねぇ」

治兵衛がそう言うと、

「へぇ。出入りの魚屋さんなどからも見どころを仕入れて、お泊まりのお客にご案内できるようにしようと思います」

福松の姿勢は素直で、お勝は大いに好感を抱いた。

『ごんげん長屋』の木戸を潜《くぐ》ったお勝の耳に、水の音が届いた。

井戸端《いどばた》にはふたつの人影があり、一人は左官の庄次で、首筋を手拭《てぬぐ》いで拭《ふ》いており、もう一人の鶴太郎は、裸足《はだし》に井戸水を掛けていた。

「お帰り」

声を掛けながら井戸に近づくと、

「お」

庄次と鶴太郎は驚いたように顔を上げる。

「お勝さんも今ですか」

庄次に尋ねられたお勝は、足袋屋の前で治兵衛たちとほんの少し立ち話をしていたことを口にした。

「みんな、夕餉《ゆうげ》の支度は済ませたようだね」

お勝はそう言うと、ほんのわずか、煮炊《にた》きの名残《なごり》の匂いがする路地の方へ眼を遣《や》った。

「お勝さんとこは、魚ですね。さっきから匂ってる」

鶴太郎が鼻をひくひくさせた。

「それじゃ、わたしは匂いに釣られて行くよ」

お勝は、それじゃと口にして、路地へと足を向けた。

「ただいま」

土間に足を踏み入れると、

「お帰り」

三人の子供たちから、声が飛んできた。

幸助が四人分の膳《ぜん》を並べ終えるのを待っていたかのように、お妙が目刺《めざ》しを載せた皿を銘々《めいめい》の膳に置いていく。

鍋《なべ》を載せた竈《かまど》の前に立ったお琴は、鍋の汁を小皿に取って味見をした。

「鍋は、なんなんだい」

お勝の問いかけに、

「鰯《いわし》のつみれと牛蒡《ごぼう》のささがき」

お琴から答えが返ってきた。

「わたしも、ちょっと味見を」

お勝がお琴の横に並ぶと、

「おっ母さんの味見はいいから、早く食べさせておくれよ」

幸助から声が上がったので、お勝は流しで急ぎ手を洗い、幸助と並んで箱膳の前に膝《ひざ》を揃《そろ》えた。

お琴が四人分のつみれ汁の椀《わん》を並べ終わり、お妙と並んで腰を下ろした。

四人は声を揃えると、箸《はし》を取った。

「いただきます」

「あれは」

ご飯とつみれ汁を口にしてすぐ、お勝は、流しの近くの米櫃《こめびつ》の上に、三寸（約九センチ）ほどの丸餅《まるもち》が二段重ねで、二組置いてあるのに気づいた。

「今日引っ越しだった彦次郎さんとお志麻さんが、挨拶《あいさつ》代わりにって、持ってきてくれたんだよ」

「あぁ」

お勝は、お琴の話を聞いて、二人の家移りが今日だったことを思い出した。

貸本屋の与之吉と夫婦になったお志麻は、路地を挟んだ向かいの九尺《くしやく》二間《にけん》の棟《むね》の一番奥の家を出て、同じ棟に住む与之吉の家に移ることになっていたのだ。

そして、先月女房を亡くして独り身になった彦次郎は、お勝と同じ棟の九尺三間の広さは不要だからと、お志麻が出た家に移り住む算段になっていたのである。

そのことは、一昨日《おととい》、大家の伝兵衛から住人たちには通知があったが、お勝は失念していた。

夕餉を済ませたお勝は、片付けを子供たちにまかせて家を出た。

お志麻が移った与之吉の家は、庄次とお六の家に挟まれている。

お勝が路地に出た途端、お六の家の前で立ち話をしているお六と伝兵衛の姿が見えた。

「与之吉さんたちに、餅のお礼をと思って」

お勝が口を開くと、

「お志麻さんは、さっき一人で湯屋に行ったようですよ」

お六からそんな言葉が返ってくるとすぐ、

「なんだ。伝兵衛さんまでおいでしたか」

そう言いながらやってきたのは、お富と連れ立ったお啓である。

「なんだかぼそぼそ話し声が聞こえたもんだから」

お啓に続いて口を開いたのはお富である。

「お六さんに、空いた家に移ってはどうかと勧めに来たんだよ」

伝兵衛は苦笑いを浮かべると、さらに、

「ほら、正月にお六さんが住み始めたこの家は、ご承知のように、人が長く居つかなかったし、きちんと話してはいなかったが、お六さんが入る前に住んでた人の一件もあったからね」

お六が入る三月《みつき》ばかり前、数日だけ部屋に住んでいた杉蔵《すぎぞう》という若い男が、部屋を引き払ってすぐに、不忍池で死んでいたという出来事があった。

「大家さん、杉蔵さんのことは、だいぶ前に、酒に酔った岩造さんから伺《うかが》っていましたよ」

「うちの人が——!?」

お富が、眼を剝《む》いて声を張り上げた。

「この家で亡くなったというわけじゃないが、もし気になるなら、彦次郎さんが住んでた家に移ってはどうかと勧めに来たんだよ」

伝兵衛の話が終わるや否《いな》や、お六はカラカラと笑い声を上げ、

「大家さん、そんなことは、わたしは一向に気にならない性質《たち》なんですよ。もし、お化けが出たら、歩き回って凝《こ》った足腰を揉《も》んでもらうことにしますよ」

陽気な声を出すと、一同を笑顔で見回した。

そこへ、木戸の方から近づいてきた人影が、お勝たちの傍《そば》で止まった。

肩に手拭いを掛けた藤七と彦次郎だった。

「わたしは、彦次郎さんにお餅のお礼に」

お勝が藤七にそう言うと、

「いやぁ、昼間、大家さんはじめ、お富さんやお啓さんたちのおかげで、あっという間に家は片付きましたよ」

彦次郎は、改めて伝兵衛たちに頭《こうべ》を垂れた。

「彦次郎さん、ほら、お琴ちゃんも大奮闘だったじゃないかぁ」

お啓に言われて、彦次郎はそうそうと口にして、お勝にも頭を下げた。

「さてと」

肩の手拭いを取った藤七は、彦次郎の手拭いも摑《つか》むと、お六の家の二軒隣の自分の家に放り込んで、戸を閉めた。

「隣り合った独り者同士、今夜は『つつ井《い》』で飲み食いすることになってさ」

「そういうことでして」

彦次郎は笑みを浮かべると、藤七と並んで表通りの方へと向かった。

「およしさんに死なれて、彦次郎さんはどうなるかと思ったけど、藤七さんていう年の近い独り者がいてくれたおかげで、気が紛《まぎ》れてよかったんじゃないかね」

「何ごとだね」

お啓が、藤七と彦次郎の姿が見えなくなるとすぐ、しみじみと口を開いた。

「そうだねぇ」

そう返答したお勝は、お啓の言葉に何度も頷《うなず》いた。

「なんだい、さっそく示し合わせてのお帰りかい」

からかうような藤七の声が木戸の外からした。

「違いますよぉ」

言い返す与之吉の声がするとすぐ、

「湯屋の前を通りかかったらばったり出くわしたんですよ」

言い訳をするお志麻の照れたような声も届いた。

路地にいたお勝たちは、顔を見合わせて声もなく笑った。


すっかり朝日を浴びた『ごんげん長屋』の井戸端から、茶碗のぶつかる音や水の音が響き渡っている。

日が昇って半刻《はんとき》（約一時間）ばかりが過ぎた頃おいである。

井戸端に陣取《じんど》ったお勝やお琴、お志麻やお啓とお富が、朝餉の片付けに忙しく手を動かしていた。

「おはよう」

治兵衛が現れるとすぐ、路地の奥から栄五郎もやってきて、

「おはようございます」

体格のいい上体を軽く曲げると、お勝たちも口々に挨拶の声を張り上げる。

「お志麻さん、昨日は遅くなって伺えませんでしたが、餅をいただきありがとうございます」

治兵衛が礼を言うと、栄五郎は、

「今朝は、いただいた餅を焼くことにしますよ」

と口にして、井戸に釣瓶《つるべ》を落とした。

「うちのに餅を食べさせて送り出せばよかったかねぇ。餅は何せ、腹持ちがいいからさぁ」

「辰之助さん、今朝は早かったのかい」

お勝がお啓に尋ねると、

「親方の古い知り合いが目黒《めぐろ》の隠居所に引っ込んだというんで、そこの庭木の手入れにね」

という声が返ってきた。

そこへ、左官の道具袋を担いだ庄次と、風呂敷《ふろしき》に包んだ四角い荷を背負った鶴太郎が、相次いで路地から現れた。

鶴太郎が背負っている風呂敷包みの中は、籐《とう》の籠《かご》だということは、『ごんげん長屋』の連中なら誰でも知っている。籠の中には、十八粒を五文で売る丸薬《がんやく》が入っており、それが十八五文《とおはちごもん》と呼ばれる所以《ゆえん》になっていた。

「おはよう」

庄次と鶴太郎が揃って朝の声を張り上げたとき、どこからか猫の鳴き声がした。

「猫ですね」

洗い物の手を止めて、お志麻が辺りに眼を遣った。

「昨日の夜も、遠くで鳴く声がしてたがね」

庄次がそう言うと、

「いや。あの声は、二、三日前からしてましたよ」

歯磨きの房楊枝《ふさようじ》を口から出した治兵衛が、低い声でそう断じた。

「迷い猫だね」

鶴太郎が呟《つぶや》くと、それじゃと声を掛けて庄次と二人、木戸を潜って表通りへと向かっていった。

「おっ母さん、鍋は洗ったよ」

そう言うと、お琴は鍋を手にして立ち上がった。

「茶碗も洗い終わった」

お勝は独り言のように口にすると、茶碗を伏せた笊《ざる》を抱えて腰を上げた。

そのとき、勢いよく戸の開く音がして、藤七が慌《あわ》ただしく路地に飛び出してきた。

「どうしました」

お勝が声を掛けると、はだけた寝巻を直そうともせず、

「おれんとこに、誰か寝てやがる」

藤七は、人差し指を自分の家の中に向けた。

あまりにも怯《おび》えている藤七の様子を見て、井戸端にいた連中はぽかんと口を半開きにした。

二

「藤七さん」

笊を抱えたお勝が近づいて声を掛けると、藤七は、『中を見てみろ』とでも言うように、人差し指で家の中をつんつんと突《つつ》く仕草をした。

首を伸ばして家の中を見たお勝の眼に、人の形に盛り上がった掻巻《かいまき》が映《うつ》った。

「人のようですね」

お勝が囁《ささや》くと、

「知らねぇ野郎なんだ」

藤七の声は掠《かす》れた。

そこへ、井戸にいた連中が、密《ひそ》やかに集まってきた。

「こりゃ、何ごとですか」

隣の家から出てきた彦次郎が、訝《いぶか》るように路地の一同を見回した。

「藤七さんの家に、知らない男が寝てるって言うもんだから」

お勝が家の中を指さす。

彦次郎が、藤七の家の土間に足を踏み入れると、板張りに這《は》うように体を伸ばし、掻巻の端を少し持ち上げた。

「あぁ。やっぱり昨夜の男だよ、藤七さん」

彦次郎は、路地に出てくると藤七に笑いかけ、

「ゆんべ、『つつ井』で隣り合って飲み食いしてるうちに、いつの間にか話が弾《はず》んで意気投合したお人なんですよ」

集まっていたお勝たちにそう打ち明けたのだが、藤七はしきりに首を捻《ひね》っている。

「あのお人が、家に帰るには遠くて面倒だと言うと、藤七さん、『うちに来ればいい』って、連れてきたんじゃありませんか」

「そうだったか」

藤七は記憶にないのか、小さく唸《うな》り声を洩《も》らす。

「昨夜鳴いてた迷い猫が化けて出たのかと思ったよぉ」

そう言って、お富が笑い声を上げると、藤七の家の中の掻巻が動いて、寝ていた男がムクリと上体を起こした。

「藤七さん、お早いですな」

四十くらいと思《おぼ》しき町人髷《ちょうにんまげ》の男は、路地の藤七に声を掛けるとすぐ、

「おはようございます」

彦次郎にも声を掛け、集まっていたお勝たちに眼を向けた。

「何ごとですか」

男は訝り、土間近くに這い寄ってきた。

「藤七さんが、ゆんべ、お前さんをここに連れてきて寝かしたのを忘れていたもんだから、慌てふためいてたんだよ」

彦次郎が笑み交《ま》じりで教えると、

「あぁ、そうでしたか。昨夜はかなり酔っておいでのようでしたからね」

大きく頷いた男は、少し改まって膝を揃えた。

「わたしは、とお、いや、重兵衛《じゅうべえ》と申す者でございます。藤七さん、改めまして、一夜の宿のお礼を申し上げます」

重兵衛と名乗った男は、両手を板張りにつくと、額《ひたい》をこすりつけるほどに頭を下げた。

それと同時に、重兵衛の腹からグググッという音がした。

「おっ母さん、お腹の音だよ」

お琴が、誰憚《はばか》ることなく口にした。

「お前さん、腹を空かせておいでですか」

「いささか」

ゆっくりと顔を上げた重兵衛は、問いかけたお勝に情けなさそうな声を洩らした。

九つ（正午頃）を半刻ほど過ぎた質舗『岩木屋』の土間に、照り返しの外光が射《さ》し込んでいる。

帳場を立ったお勝が、板張りに膝を揃え、土間に立ったお店の老女中の前に、紙に載せた一朱と銭を置いた。

老女中は紙に載せた銀と銭を確かめると、懐《ふところ》にしまい込む。

「番頭さん、ひとつよろしくお願いしますよ」

「はい。いつも通り預からせていただきますので、ご安心を」

お勝が頭を下げると、近くの板張りで何枚もの掻巻や布団を大風呂敷に包んでいた慶三も、老女中に会釈《えしゃく》をした。

「でもね、わたしもこの年になると、お店から、いつお暇《ひま》をいただくことになるか知れないから、そのときは、この若い手代が引き取りに来ると思いますので、くれぐれも頼みますね」

老女中が、少し後ろに控えていた若い手代を手で示した。

「何を仰《おつしや》いますか、おたけさん。年だ年だと言いながら、長年、お店の奉公人を束《たば》ねてらしたじゃありませんか。身を引くのはまだ早いですよ」

「世辞を言わないお勝さんに尻を叩かれたんじゃ仕方がないから、ははは、もう少し踏ん張ってみましょうかね」

そう言うと、小さく笑みを浮かべた老女中は、「それじゃ」と声を掛けて戸口へと向かう。

急ぎ土間の下駄《げた》に足を通したお勝は、腰高障子《こしだかしょうじ》を開け、先に老女中と手代を送り出して、自らも店の外に出た。

手代は、店の外に止めていた荷車の梶棒《かじぼう》を取ると、表通りの方に向けた。

「お預かりの期日が近づきましたら、お知らせに上がります」

一言そう言うと、荷車の先に立って行く老女中の背中に向かって、お勝は頭を下げた。

「今日は混みましたね」

お勝が店の中に戻ると、老女中が持ち込んだ搔巻や布団を大風呂敷に包んでいた慶三から声が掛かった。

「うん。混んだねぇ」

返事をしたお勝は、土間を上がって帳場格子《ちょうばごうし》に腰を下ろす。

「風呂敷は、あと一枚ぐらいでよさそうだね」
二、三組の布団と掻巻が積んである板張りを見て、お勝がそう言うと、
「はい。なんとかまとめてみます」

慶三から自信のある返事が来た。

「おたけさんとこは、住み込みの奉公人が八人もいる米問屋だから、質屋の蔵にでも入れておかないと、しまう場所に往生《おうじょう》するんだよ」

お勝がつい、独り言を洩らしたとき、

「台所に握り飯があるから、手が空いた者から行くがいいよ」

奥から現れた蔵番の茂平はそう言うと、腰の煙管袋《きせるぶくろ》を外して、鉄瓶《てつびん》の載った火鉢《ひばち》を前に座り込んだ。

「昼餉もろくに摂《と》れなかったからお腹が空いたろう。慶三さん、先に食べておいでなさいよ」

「はい。お言葉に甘えまして」

慶三は、お勝に向かって軽く会釈をすると、奥へと入っていった。

茂平が、煙管に詰めた煙草《たばこ》に火鉢の火を点《つ》けて、大きく煙を吐いた。

その煙が帳場の方にまで流れ着き、お勝はふと顔を上げた。

戸口の腰高障子が外からゆっくりと開けられ、外光を背にした男の影が土間に入ってきた。

「先ほどは、朝方のお忙しいときに、何かとお世話になりまして」

板張りに近づいて丁寧《ていねい》な口を利《き》いたのは、羽織《はおり》を着込んだ重兵衛である。

朝方、重兵衛が空腹だと知ったお琴が、食べ物はうちにあると口にすると、お富やお啓も、揃ってなんとかすると言い出した。

重兵衛は「お世話になりました」と口にしたが、お勝は世話をした覚えはなかった。何しろ、『岩木屋』へ出掛ける刻限が迫っていたので、後のことはお琴やお富たちにまかせて『ごんげん長屋』を出たのである。

したがって、空腹の重兵衛にその後どんな手立てが講じられたかは、知る由《よし》もなかった。

「今まで、どちらに」

帳場を立ったお勝が、土間近くに膝を揃えて尋ねると、

「はい。藤七さんの家で、彦次郎さんやお琴さん、お富さん、お啓さんと、茶を飲みながら、今の今まで、世間話をだらだらと」

笑みを浮かべた重兵衛は、すぐに少し改まり、

「これから、江戸で逗留《とうりゅう》しているところに戻ろうと思っておりまして、その前に、あなた様に頼みたいことがありましたので、こうして」

重兵衛は、羽織の袂《たもと》から出した紙包みをお勝の前に置いた。

「これは」

「些少《さしょう》ではありますが、これをお琴さんや、お富さんとお啓さん、藤七さんと彦次郎さんにお渡し願えればと」

「ごめんなさいよ」

お勝は重兵衛に一言断ってから、紙包みを開いた。

包まれていたのは、一朱だった。

「今朝、腹を空かせたわたしを心配して、お琴さんが、貰《もら》った餅があるから焼くと言ってくれますと、藤七さんと彦次郎さんも、にわかに空腹を訴えられたのでございます。そうしたら、お富さんとお啓さんまで、餅なら家に残ってると言って、海苔《のり》を巻いた餅に醤油《しょうゆ》をつけたのやら、黄粉《きなこ》をまぶした餅やらを、三人のためにこしらえてくださったのです。とにかく、美味《うま》かった。醤油をつけて焼かれた餅は、赤銅色《しゃくどういろ》の輝きのようでもあり、黄粉餅はまるで、黄金をまぶしたようでもあり、ご親切、しみじみと身に沁《し》みました」

大袈裟《おおげさ》な口上を述べた重兵衛は、深々と頭《こうべ》を垂れた。

「お前さんの商《あきな》いは、あれかい、古鉄買《ふるがねか》いでもしておいでかね」

突然、茂平が口を挟んだ。

「いいえ」

重兵衛はぽかんとしたような顔で小首を傾げた。

「いや、銅やら金やらと、硬い物ばかり口にしておいでだったからね」

そう言うと、茂平は、新たな煙草を煙管に詰め始めた。

「それで、お帰りというと、どちらへ」

お勝が問いかけると、

「ええと、南の方ですが」

少し迷った重兵衛は、方角だけを口にした。

「それでしたら、途中長屋に寄って、誰かに手渡した方が早いと思いますが」

「さっき、長屋を出がけに、お富さんやお啓さんにこの金を渡そうとすると、そんなつもりで朝餉を食べさせたんじゃないと、きつく怒られましてね。しかし、なんのお礼もせずに帰るというのも心残りではありますので、こうして」

重兵衛は、困惑の色を濃くして、はぁとため息をついた。

「長屋の人たちの言う通り、このお金は、わたしだって預かるわけにはいきませんよ」

お勝が、一朱の載った紙を重兵衛の方に押しやると、

「困りましたなぁ」

ため息交じりに呟きを口にした。

「何も困ることはねぇよ旦那。人の親切に銭金を絡めると角が立つから、甘えときゃいいんだよ」

茂平はそう言うと、煙草の煙をやけに大量に吐き出した。

「わかりました」

茂平の言葉を聞いて吹っ切れたのか、重兵衛は大きく頷くと、一朱を包んだ紙を潔《いさぎよ》く羽織の袂に落とした。

『岩木屋』に現れた重兵衛が帰ってから一刻（約二時間）が過ぎた頃、お勝は『ごんげん長屋』にほど近い、根津元御屋敷《ねづもとおやしき》を歩いていた。

冬の間預けていた蚊帳《かや》を引き取りたいという武家の顧客の求めに応じて、弥太郎の曳《ひ》く大八車に載せた質草《しちぐさ》を、旗本や御家人の屋敷三か所に届けた帰りだっ

た。

最後に届けた武家屋敷では、顔馴染《かおなじ》みの隠居夫婦に引き留められ、弥太郎を先に帰したお勝は、四半刻ばかり話し相手を務《つと》めた後、お屋敷を辞去《じきょ》したのである。

「おばさん、こんにちは」

子供のような女の声がしたので見回すと、行く手の小橋を渡ったところで、風呂敷包みを胸に抱えた娘が立ち止まり、お勝の方に笑顔を向けていた。

「おれんちゃんだね」

そう口にして近づくと、

「はい」

お琴と同い年のおれんが、はきはきとした声を返した。

駒込千駄木坂下町の長屋住まいだが、沢木栄五郎が師匠を務める瑞松院《ずいしょういん》の手跡指南所《しゅせきしなんじょ》でお琴と机を並べていた仲良しだった。

「どこからの帰りかい」

「七軒町のお得意様から、壊れた蠟燭立《ろうそくた》てをお預かりしてきたんです」

顔を綻《ほころ》ばせたおれんは、活《い》き活《い》きとしている。

たしか去年、根津権現門前町の仏具屋で住み込み奉公を始めたと聞いていた。

「仕事の途中だから、もうお行き」

お勝が促《うなが》すと、

「お琴ちゃんによろしく」

弾んだ声を残して、軽やかな足取りで北の方へ向かっていった。

同じ方向に向かいかけたお勝が、ふと足を止めた。

踵《きびす》を返すと、『ごんげん長屋』へ通じる小路《こうじ》へと進んだ。

特段、長屋に寄る用事はなかったが、家を守るお琴がどんな様子か、覗いてみようと思い立った。

井戸端を通り過ぎ、左の棟の家の戸を開けると、声を掛けようとした口を、お勝は慌てて閉じた。

お琴は、部屋の隅に積んだ夜具《やぐ》に背をもたせかけた格好で眠っていた。

朝から家事をこなして、疲れているのかもしれない。

何しろ、まだ十三の娘である。

お勝は、土間に足を踏み入れることもなく、静かに戸を閉めると、足音を殺してその場を後にした。

六《む》つ（午後六時頃）の鐘《かね》が打たれてから四半刻が経《た》った頃、夕餉を摂り終えたお勝は、『ごんげん長屋』の路地に出た。

この日、いつも通り子供たちと夕餉の膳を囲んだが、配達の帰りに、おれんに会ったことも、その後長屋に立ち寄ったことも、お琴には一切話さなかった。

ただ、重兵衛が、お琴やお富、お啓たちが振る舞った餅が美味かったと言って帰っていったことは伝えた。

路地に出たお勝は、井戸端に一番近い辰之助の家に向かう。

開けっ放しの戸口から顔を入れると、土間の框《かまち》にはお富が腰掛けており、框の近くで片足を伸ばしたお啓が、足の三里《さんり》に灸《きゅう》を据《す》えていた。

「足が凝るのかい」

お勝が問うと、

「今日はなんだか、こっちの足が重くてさぁ」

お啓は、自分の足の上で煙を上げる艾《もぐさ》に、軽く息を吹きかけた。

「そうそう」

お勝は、今日の昼間、お富やお啓たちが受け取りを断った一朱を持って重兵衛

が『岩木屋』に現れた件を告げ、

「わたしも断って、一朱は重兵衛さんに持ち帰ってもらいましたよ」

そう報告すると、

「お勝さん、それでよかったんじゃありませんかねぇ。『ごんげん長屋』で餅を食べたはいいが、一朱も取られたなんて他所《よそ》で言われちゃかなわないからさ」

「お富さん、あの重兵衛さんは、そんなお人には見えないよ。アチチチッ」

お啓がいきなり、足の三里で煙を上げる艾をはたき落とした。

すると、どこからか、微《かす》かに猫の鳴き声がした。

「また、猫だよ」

お富が路地の方に顔を突き出すのを見て、

「それじゃわたしは、藤七さんにも一言いっておくよ」

お勝はそう言うと、辰之助の家の戸口から離れた。

路地を奥の方に向かうと、どぶ板をぽんと飛び越し、奥から二番目にある藤七の家の前に立った。

「藤七さん、勝ですけど」

中に声を掛けると、

「おれは、隣だよ」

藤七の声がしたのは、昨日、彦次郎が家移りをした一番奥の家からだった。

「ごめんなさいよ」

声を掛けたお勝が戸を開けると、行灯《あんどん》の火のともった板張りで、藤七と彦次郎が向かい合い、湯呑《ゆのみ》を口に運んでいた。

板張りに通徳利《かよいとつくり》が立っているところを見ると、酒盛りの最中のようだ。

「今日の昼間、重兵衛さんが『岩木屋』に来ましてね」

土間に足を踏み入れたお勝が、『岩木屋』に現れた重兵衛に対応した顛末《てんまつ》を伝えると、二人から、それで結構だという了解を得た。

「こりゃ、お勝さん」

そう言いながら土間に入ってきたお六が、板張りに上がって座り込むと、漬物《つけもの》を盛った丼《どんぶり》をどんと置いた。

「明日で三月も終わるっていうんで、春を惜しみながら酒でもということになってね」

彦次郎が笑みをこぼすと、

「お勝さんもお入りなさいよ」

「一度、家に戻ってから考えますよ」

誘ってくれたお六にそう言うと、お勝は土間を出た。

「こんばんは」

路地で足を止めた男の影から、声が掛かった。

お勝が眼を凝らすと、栄五郎の家から洩れ出る明かりに、重兵衛の顔が浮かび上がった。

「藤七さん、重兵衛さんがお見えですよ」

声を上げると、藤七と彦次郎が土間から顔を突き出した。

「いやぁ、逗留先に帰ったものの、なんとも味気なくてねぇ。ひと晩過ごしたこちらの賑わいが思い出されて、つい、来てしまいました」

重兵衛は笑顔でそう言うと、提《さ》げていた、五合は入りそうな通徳利を持ち上げた。

三

辺りを照らす行灯の周りに、人の輪が出来ている。

彦次郎の家の板張りには、彦次郎は当然のことながら、藤七、お六、栄五郎や庄次、それに羽織を脱いだ重兵衛が、持ち寄った漬物やするめなどを肴《さかな》に、酒を酌《く》み交《か》わしていた。

一旦、家に戻ったお勝は、子供たちの了解を得て、四半刻前から酒宴《しゅえん》に加わっている。

「重兵衛さん、あんたの物言いを聞いてると、生国《しょうごく》は西の方じゃありませんか」

庄次から、いきなりそんな声が飛び出した。

「沢木先生も西でしたね。九州の、たしか」

「豊前国、小倉です」

栄五郎が、お勝の声に頷いて、そう打ち明けた。

「わたしは、近江ですよ」

重兵衛は、屈託《くったく》なく口を開いた。

「その装《な》りを見ても、お国のお家の江戸屋敷詰めとも思えねぇし、近江商人のようにも見えねぇ」

呟くように言うと、藤七はちびりと、酒の入った湯呑を呷《あお》った。

「近江の、とある大名家の江戸屋敷に呼ばれて来て、かれこれ三年になりますか」

重兵衛は指を折って数えると、大名家の名は伏せ、ぽつりと洩らした。

「国で何か、悪さでもして江戸に呼ばれたのかい」

庄次の物言いには、酒のせいか気遣《きづか》いというものがなかった。

「わたし、鉄砲鍛冶《てっぽうかじ》でして。新たな鉄砲を作るよう命じられているのですよ」

「ほう。職人でしたか」

彦次郎が、親しみの籠《こ》もった声を重兵衛に向けた。

すると、

「どこかで戦《いくさ》でもするのかい」

庄次が、好奇心を露《あら》わにして身を乗り出した。

「鉄砲は、戦だけじゃなくて、猪《いのしし》や鹿《しか》を撃つのにも使うんだよ。ほら、甲州街道《こうしゅうかいどう》を八王子《はちおうじ》の方に向かえば、鉄砲担いだ猟師が野山を歩いてるだろう」

お六が、庄次の不審を正した。

「鉄砲鍛冶というと、焼けた鉄をトンカントンカン打つんだろうね」

彦次郎の声に、お勝も少し身を乗り出して重兵衛を見た。

「いえ、彦次郎さん。次に作る鉄砲をどんな形にするか、どんな細工がいるのかと、まずは絵図を描くのがもっぱらでしてね。それが出来さえすれば、鉄を打つことになります」

「腕に職のある人には、頭が下がります」

腹から響き渡るような声を発した栄五郎は、

「わたしは、かつて刀鍛冶だったという彦次郎さんの研《と》ぎの技にも大いに尊敬の念を抱いていますが、異国伝来の鉄砲を作る重兵衛さんも、見上げたお人だと思いますよ」

「先生、まままま」

庄次が、一気にまくし立てる栄五郎の手に、酒の入った湯呑を持たせた。

「重兵衛さんの逗留先っていうのは、お家の上屋敷かなんかで?」

「いえいえ」

重兵衛はお勝の問いかけに片手を横に打ち振ると、寝起きをしているのは、南八丁堀《みなみはっちょうぼり》にある蔵屋敷だと告げた。

蔵屋敷というのは、水運に便利な場所に設《もう》けた蔵のことで、藩が買いつけた煮干しや昆布《こんぶ》などの俵物《たわらもの》、木材、炭などを一旦保管する役目があるということは、お勝も耳にしたことがある。

「わたしがいる蔵屋敷には藩の蔵役人などが詰めており、勝手に蔵を出ることはできませんし、どうしても出たいというときは、警固《けいご》の藩士がつくのですよ」

厳しく見張られているわけではないのだがと重兵衛は口にしたが、無骨《ぶこつ》な侍たちばかりで毎日が面白くないのだと、しかめ面《つら》をして愚痴《ぐち》をこぼした。

「だがよ、昨日の晩は一人で『つつ井』に来ていたじゃねぇか」

藤七が不審をぶつけると、

「昨日は、上野東叡山に行きたいと申し出たんですよ」

そう言うと、重兵衛は、ふふと笑った。

江戸にいるのだから、将軍家ゆかりの増上寺《ぞうじようじ》か寛永寺《かんえいじ》にもお参りしたいと申し出たら、蔵屋敷詰めの侍が五人も、重兵衛の参拝に同行したいと声を上げ、総勢六人で上野東叡山に出掛けることになったのだと打ち明けた。

「昨日の上野東叡山は、行く春を惜しむかのように多くの人出があり、東照大権現宮《とうしようだいごんげんぐう》や多くの塔頭《たつちゆう》、支院《しいん》に至るまで、参拝人で混み合っておりました。そこでわたしは、不忍池の見える清水堂《きよみずどう》の混雑に乗じて、同行していた蔵屋敷の侍とははぐれることにしたわけです。はぐれたわたしは、不忍池の畔《ほとり》を歩いて根津権現社、谷中と歩き、日が落ちた後、念願の居酒屋の暖簾《のれん》を潜ったというわけなのです」

「そこで、藤七さんと彦次郎さんと顔を合わせたんですね」

お勝が声を上げると、重兵衛は大きく頷き、

「そのおかげで、昨日今日は、江戸に来て以来、初めて味わった楽しい一日になりました。居酒屋『つつ井』では、彦次郎さんや藤七さんの波乱の人生を聞かせていただき、長屋に泊めてもらったあげくに朝餉のご心配まで」

そこまで口にした重兵衛は、その場の住人たちに向かって深々と頭を下げた。

「彦次郎さんが、常陸の府中で刀鍛冶をしていたことは先日知ったが、藤七さんの人生ってやつは、おれらには謎《なぞ》だがなぁ」

庄次が、少し呂律《ろれつ》の回らない口を利いた。

「彦次郎さん、藤七さんの人生がどんなものか、教えてくれませんか」

膝に手を置くと、栄五郎は律義に申し入れた。

「藤七さん、わたしが話していいかね」

彦次郎が藤七にお伺いを立てると、

「もう、この年になりゃ、こっ恥《ぱ》ずかしいことはねぇから、おれの口から言うよ」

口の端で小さく笑うと、藤七が沢庵《たくわん》を一切れ口に放り込んだ。

「『ごんげん長屋』のみんなが、おれが以前は博徒《ばくと》の親玉だの、一匹狼《いっぴきおおかみ》の侠客《きょうかく》だのと噂《うわさ》していたのは知ってるよ。だがね、そんな立派なもんじゃねぇ。ただの、はぐれ者だよ」

藤七は酒を口に含むと、嚙《か》み切った沢庵を喉《のど》の奥に流し込み、生まれは伊豆《いず》の三島《みしま》だと、話を切り出した。

三島の女郎から生まれた藤七は、乳飲み子の頃から女郎屋の下働きをしていた下男夫婦に引き取られて育てられたという。

十三、四になると、養父母の元を離れて、三島宿で徒党を組んでいた宿なしの若者たちと、街道を稼ぎ場にしてその日暮らしを続けた。荷車押し、荷物持ち、女郎屋への案内、喧嘩《けんか》の助勢もすれば仲裁もやった。

年を重ねるにしたがって一党が力をつけると、同じような凌《しの》ぎをする別の一党とぶつかって怪我人《けがにん》や死人の出る抗争にまで発展し、ついには三島を逃げて、小田原《おだわら》、川崎《かわさき》、品川と移り住んだ。

「品川に流れ着いたときはもう、四十に近い年だったよ。そこで知り合った一回りも年下の女と暮らしたが、夫婦にはならなかった」

しかし、藤七はその情婦《じょうふ》と二人で大八車を買い求めて、品川で車力《しゃりき》を始めたという。

安くて早くて荷物の取り扱いにも気遣いをするというので、顧客も増え、二年もすると車曳《くるまひ》きを二人雇い入れ、商売は軌道《きどう》に乗った。

そうなると、同業の者からは敵視され、嫌がらせを受けるようになった。

そしてついに、対立が激化した。

藤七の店を、同業者が普段から飼い慣らしている破落戸《ごろつき》たちが襲い、喧嘩騒ぎとなった。喧嘩には慣れていた藤七は怯《ひる》むことなく相手を追い払った。

しかし、その翌日から姿の見えなくなっていた情婦が、三日後、首に紐《ひも》を巻きつけられた死体となって、品川の浜辺に打ち上げられた。

女を弔《とむら》ってくれたのは、藤七が前々から寄進をしていた品川の貧乏寺の痩《や》せた老住職だった。

「藤七、お前、仇《かたき》を討とうなんて思うんじゃないぞ」

仕事ぶりを気に入ってくれていた痩せ住職が、経《きょう》を上げた後、藤七に釘を刺した。

「まるで内心の決意を見透《みす》かしていたような、鋭い釘を打たれてしまったよ」

当時を思い出したのか、藤七は苦笑いを浮かべた。

そのとき、瘦せ住職はひたすら「忘れろ」とも口にした。

女が殺されたこともこれまでのことも、ひたすら忘れるよう努めろと言い続け、品川を離れろとも諭《さと》され、谷中の寺を教えられた。

「寺男になって、その寺に籠もれば、お前は過去を忘れられて別人になる」

その言葉に導かれるようにして品川を離れた藤七は、瘦せ住職に持たされた書付を手にして、谷中の荒れ寺に寺男として入ることになった。

藤七はその後、品川の瘦せ住職と谷中の住職の戒《いまし》めを懸命に守り、寺の仕事に邁進《まいしん》して、ただの一度も寺を出ることはなかった。

それから約二十年が経ったとき、

「そろそろ世間に出てみてはどうか」

谷中の寺の住職からそんな言葉が掛かった。

「寺に籠もれば、お前は別人になる」と言っていた品川の老住職が、数年前死んだことは、谷中の住職から聞いた。

瘦せ住職が言っていたように、寺に籠もって二十年近く経つと、娑婆《しゃば》で身についていた心身の錆《さび》というものが、いつの間にかすっかり落ちていることに気づいたと、藤七の口から洩れ出た。

「だがよ、品川の瘦せ坊主が、昔のことは忘れて別人になると言ったのは、よくよく考えりゃ当たり前のことだったんだよぉ。四十を前に谷中の寺に入って、娑婆に戻ろうというときには六十が眼の前だったんだ。だいたい、その年になれば、昔のことなんか忘れていくじゃないか。気力や腕力が衰《おとろ》えていくのと同時に、昔の出来事も、抜け落ちていくもんなんだよ。それをおれは、忘れられるっていうあの瘦せ坊主の口車にまんまと二十年も乗せられたってわけさ」

「藤七さんは、その瘦せたお坊さんを、恨《うら》みに思ってますか」

お勝が静かに問いかけると、藤七がゆっくりと顔を向けた。

そして、

「いや」

小さな声で答えると、照れたように、ふっと笑みを浮かべた。

「藤七さんが『ごんげん長屋』に来たのは、谷中の寺を出てすぐだったということですね。わたしが住人になったのと同じ年ですから」

栄五郎の言葉に、

「町小使《まちこづかい》を生業《なりわい》にしてる藤七だと名乗ったのを、覚えてますよ」

お勝がそう付け加えた。

「谷中の寺を出たら何か仕事しなくちゃならなかったが、おれは、彦次郎さんや重兵衛さんのように、腕に職はねぇ。昔は車曳きをしてたが、六十になろうっていう年じゃ無理だ。そしたら谷中の坊さんが、境内《けいだい》を動き回ってたことだし、歩くのに難はないだろうから、小間物や文《ふみ》なんかを町から町に届ける町小使を生業にしたらどうかと言ってくれたんだよ」

「なぁるほど」

唸るような声を出した庄次が、自分の膝を叩いた。

「庄次さんよぉ、おれが立派な侠客なら自慢もしたが、お聞きの通り、傷だらけの野良犬なんだよ」

酔った顔に笑みを浮かべて、藤七は庄次の湯呑に徳利の酒を注いでやる。

「野良犬っていえば、重兵衛さんあんた、ここへ来るとき猫を連れ回しちゃいないかい」

お六が、突拍子《とっぴょうし》もない問いかけをした。

「猫を、わたしがですか」

重兵衛は眉間《みけん》に皺《しわ》を寄せて小首を傾げた。

「いえね。この前から、長屋の近くで猫の声がするようになったんですよ。そしたら、同じ頃、重兵衛さんが現れるようになったもんだからさ」

そう言うと、お六は「ま、いいか」と呟いて、湯呑を呷った。

「しかし、世間を知るというのがいかに大事か。こちらにお邪魔するようになってつくづくそう思います。大きな屋敷で暮らしていてはいかんですな。人それぞれの人生を見聞きすることがいかに自分の血や肉になるか、いや、先の長い子供たちにとっても、きっと心の肥《こ》やしになると思うのです」

「重兵衛さんに同感です」

大声を発した栄五郎が背筋を伸ばすと、

「明日、世間に出ることの大事さ、心の肥やしの話を、手跡指南所の子供たちにしてやりたいと思います」

そう宣言して、重兵衛に対し深々と頭を下げた。


お勝とお富が、井戸端で茶碗などの洗い物をしていると、

「おはよう」

貸本屋の与之吉が、大きな風呂敷包みを背負って通り過ぎる。

「行っといで」

お富が声を掛けた。

「気をつけて」

お勝も続けざまに声を張ると、「へい」と答えて、与之吉は木戸を出ていく。

「おはようございます」

信玄袋《しんげんぶくろ》を手にした治兵衛が、密やかな挨拶をして井戸端で足を止め、

「なんですか、昨夜は、あの重兵衛とかいうお人と酒宴があったと、今朝早く庄次さんから聞きましたが」

と、さらに声をひそめた。

「わたしは、早々に引き揚《あ》げましたけどね」

酒は飲んだが、お勝には昨夜の記憶があった。

五つ（午後八時頃）を知らせる時《とき》の鐘《かね》を聞いてから、四半刻ばかりが経った頃に、彦次郎の家を出たのだ。

「彦次郎さん、何ごと」

突然口にしたお富が、路地の方に眼を遣った。

彦次郎が、お勝の家の隣の戸を開けて覗き込んでいるのが見えた。

「大家さんに断って、昨夜、重兵衛さんをこの空《あ》き店《だな》に寝かせたんだよ。死んだ

およしの掻巻を貸してね」

「まだ寝てるんですか」

お勝が尋ねると、

「もぬけの殻《から》だよ」

彦次郎はそう言うと、自分の家に戻っていった。

「わたし、庄次さんに昨夜の様子を聞きましたが、あの重兵衛というお人はいささか怪《あや》しいというか、腑《ふ》に落ちませんよ」

治兵衛は依然《いぜん》、低い声を出した。

「何が怪しいって言うんです」

「いいですかお富さん、鉄砲鍛冶だとか、大名家の江戸の蔵屋敷に逗留してるだの、話が大きすぎますよ。法螺《ほら》を吹いているとしか思えませんね」

「何のために法螺を吹くんですよ」

お富も声を低めた。

「お勝さんにも言っておきますが、あの重兵衛さんから金儲《かねもう》けの話が出たら、用心をした方がいいでしょう」

そう言うと、治兵衛はお勝とお富に頷いてみせた。

「おはようございます」

声を上げて木戸から入ってきたのは、羽織姿の重兵衛である。

「出掛けてたんですか」

お勝が問うと、

「お六さんについて青物河岸《あおものがし》に行ったついでに、日本橋の魚河岸《うおがし》、京橋《きようばし》の大根河岸などを回りましたが、いやいや、なかなかの活気でした。今日は、ひと眠りしたら、この近辺を歩こうかと思います。では」

重兵衛は一礼すると、先刻、彦次郎が覗いていた空き店の中に姿を消した。

四

質舗『岩木屋』の帳場に、西日の照り返しが射し込んでいる。

根津権現門前町の西側には本郷の台地が横たわっているせいで、『岩木屋』や根津権現社は早々に日が翳《かげ》るのだが、照り返しのおかげでなんとか明るさを保っていた。

八つ半（午後三時頃）を過ぎると、いつも客足は落ちる。

しかし、急ぎの金策に駆け込む客もあるので、やはり定刻の七つ半（午後五時頃）までは店を開けておくことになっている。

ほんの少し前に、質草を持参した客を送り出した後、お勝は今日の帳面付けを始めていた。主《あるじ》の吉之助と手代の慶三は、板張りや棚に残っていた質草を蔵に運び終えると、先刻、台所女中のお民が置いていった冷めた茶を、板張りの火鉢の近くで飲んでいる。

「番頭さんは、四月一日には、律義に更衣《ころもがえ》を済ましたんですか」

慶三から声が掛かった。

「まぁあれだよ。うちには子供も三人いて一遍《いっぺん》には替えられないから、三月の半ば頃から、おいおい綿を抜くことにしてるんだよ」

お勝がそう返事をすると、

「慶三もそろそろ、更衣をしてくれる女房を持つことだね」

吉之助が慶三をけしかけた。

昨日の四月一日は、恒例の更衣であった。

四月一日からは、冬から春にかけて着た綿入れから綿を抜いて袷《あわせ》にするのだが、五月の五日からは単衣《ひとえ》にして、暑い夏を過ごすのである。

慶三に言った通り、お勝の家では三月の半ばくらいから、お琴と手分けして更衣の支度に取り掛かるのが例年のことだった。

昼間、お琴に綿を出してもらった着物を袷に縫い直すのが、お勝の夜なべ仕事となった。

「いらっしゃいまし」

慶三の声に、お勝は筆を入れていた帳面から顔を上げた。

開いた腰高障子から、そろりと足を踏み入れたのは、紺《こん》の羽織を着た重兵衛である。

「重兵衛さん、何ごとですか」

お勝は、硯箱《すずりばこ》に筆を置いた。

「番頭さんのお知り合いでしたか」

そう口にした吉之助に、お勝は、『ごんげん長屋』の住人と居酒屋で意気投合した後、たびたび現れるようになった、重兵衛という近江の鉄砲鍛冶だということを、かなり大雑把《おおざっぱ》に伝えた。

「ま、お掛けなさいまし」

「それじゃ、遠慮なく」

重兵衛は吉之助に頭を下げると、框に腰を掛け、

「いや、今日もこの近辺を歩き回った帰りでして」

誰にともなく口を開いた。

「近江のお方ならご存じとは思いますが、上野東叡山の清水堂から不忍池を望む景色というのは、琵琶湖《びわこ》の風景を模したものらしいと聞いておりますよ」

吉之助がそう言うと、重兵衛は胸の前で両腕を組み、

「なるほど、琵琶湖ですか。ですがわたしは、枝が丸くなっている松の木の方が気に入りましたねぇ」

感に堪《た》えないという面持《おもも》ちで、軽く唸った。するとすぐ、

「琵琶湖で思い出しましたが、今日は、根津権現社から日光御成道へ通じる駒込追分へ行ってみました。すると、その追分を北へ向かえば、信濃《しなの》、美濃を経《へ》て近江へと繋《つな》がる中山道だと聞いて、感慨深い思いをしましたよ」

中山道を二、三町（約二百二十から三百三十メートル）ほど先まで歩いた重兵衛はすぐに引き返し、沢木栄五郎が師匠を務める、谷中瑞松院の手跡指南所に行ってみたともいう。

そこで、学ぼうと目を輝かす子供たちの姿に感動を覚えたと、感心したような声を発した。

「うちの子も、眼を輝かせていましたかねぇ」

お勝が笑み交じりで口を開くと、

「藤七さんたちに聞いたのですが、お勝さんの家の子供たち三人は、孤児《みなしご》だというのは本当ですか」

重兵衛は少し改まった。

「えぇ」

お勝は笑顔で頷いた。

「それぞれ別の事情で親とはぐれたあの三人を、お勝さんが引き取ってあそこまでに育てたんですよ」

吉之助が言葉を挟むと、

「立派です。立派ですよ、お勝さんは」

重兵衛がしみじみと声を発したとき、店の中が突然翳った。

外から射し込んでいた照り返しが、光を失ってしまったのだ。

「明かりを点けますか」

慶三が、いち早く腰を浮かせると、

「慶三さん、帳面付けは大方終わったから、もう明かりはいらないよ」

お勝の声に慶三は頷いて、板張りに膝を揃えた。

「この時季、帳面付けには苦労するんですよ。かといって、店じまいまではすぐですから、天井の八方《はっぽう》に明かりを灯《とも》すのも行灯に火を入れるのも、なんだかもったいないもんですから」

お勝が苦笑いを浮かべると、

「なるほど。この辺りは本郷の台地の陰ということで、谷中の方より早く薄暗くなるわけですねぇ」

そう言いながら、重兵衛はゆっくりと店の中を見回した。

お勝と三人の子供たちが夕餉を摂り終えたのは、六つ（午後六時頃）の鐘を聞いてほんの少し経った時分である。

「ごちそうさま」

母子四人は口々に声を出すと、使い終わった茶碗は銘々が流しに運ぶ。

それがいつもの習わしであった。

「沢木ですが」

その声に、

すぐに応じたお妙が障子戸を開けると、戸口には栄五郎が立っていた。

「お師匠様だ」

「どうぞ」

お勝が入るよう促して框に腰を下ろすと、「では」と口にした栄五郎が土間に立った。

「今、藤七さんや彦次郎さんに聞いたら、重兵衛さんは、一旦南八丁堀に戻られたということで」

「はい。お琴からもそんなふうに聞いてますが、何か」

「実は今日、重兵衛さんが瑞松院の手跡指南所においでになりましてね」

「あ。そのことは、『岩木屋』に見えた重兵衛さんから聞いておりました」

お勝がそう言うと、うんうんと頷いた栄五郎は、お妙と幸助を向き、

「指南所に来た重兵衛さんがどんなことをしてくれたか、お勝さんに話したのか」

笑顔で問いかけた。

「いいえ」

「どうして」

栄五郎が、お妙の返事に、やや不満そうな声を発すると、

「おっ母さんに、なんて言って話せばいいかわからなかったので」

幸助はおろおろと顔を伏せた。

「お天道様《てんとう》を見せてもらったと言えばよかったじゃないか」

栄五郎の声に、お妙と幸助は「あぁ」と声を洩らした。

「お天道様というと、あの」

お勝は、人差し指を立てて上に向けた。

「はい」

栄五郎は満面に笑みを浮かべて、大きく頷いた。

「でも先生、お日様をまともに見たら眼が潰れます」

お琴が不審を口にすると、

「潰れなかった」

すかさず口を差し挟んだのはお妙である。

そして、栄五郎は、重兵衛が手跡指南所にビードロの板を二枚持ってきたのだ
と話を続けた。

瑞松院の小僧から蠟燭を借りると、重兵衛が持ってきていた、縦《たて》二寸（約六セ

ンチ）、横幅四寸（約十二センチ）ほどの四角い二枚のビードロの板を、蠟燭の炎の上にかざしたのだという。

するとフ、透《す》き通っていた二枚のビードロに、蠟燭の煤《すす》が黒い膜となって付着した。

「重兵衛さんは子供たちに、黒く膜のついたビードロを眼の前に立ててお日様を見なさいと言ったんです」

栄五郎は、重兵衛に指示された通りの動きを、土間でやってみせた。

「そしたらおっ母さん、黒い膜に、お日様が丸く見えたんだよ」

まるで秘密を洩らしでもするようにお妙が声をひそめると、

「うん」

幸助も密やかに頷いた。

「重兵衛さんがその後、子供たちに話したのは、天中に輝くお日様や夜の月を調べれば、四季の移ろいを深く知ることができるということでした。それを知れば、この地上で実《みの》る作物の収穫具合を予知できるのではないかとも言うのです。わたしは、そのことに深く感銘《かんめい》を受けてしまいました」

栄五郎はそう言いながら、なぜか直立不動の姿勢になった。

重兵衛が口にした話も、栄五郎が何を言いたかったのかもよくわからず、お勝は笑顔を作って誤魔化《ごまか》した。

「あれ、沢木先生がいる」

路地から声を発したのは、道具袋を担いだ庄次だった。

「では、わたしはこれで」

栄五郎は一礼して土間を出ると、路地の奥の方へと向かった。

「どうも」

そう言いながら庄次の横に立った治兵衛が、小さく会釈をした。

「お勝さん実はね」

勝手に土間に足を踏み入れた庄次が、治兵衛と並んで帰ってくる途中、呼び止めた目明かしの作造から、妙な話を聞いたのだと告げた。

「親分が言うには、この何日か、二人連れ三人連れの侍が、岡場所や旅籠を回って人捜しをしているらしいんだよ」

しかも、捜しているのは、年の頃四十ぐらいの町人だと、庄次は話を続けた。

「侍たちが捜している男の人相というのが、耳たぶが大きく福耳で、鷲鼻《わしばな》だそうで、物言いは、上方《かみがた》の訛《なま》りに近いとかなんとか」

治兵衛は、言葉尻を曖昧《あいまい》にした。

「捜している相手の名はわからないんですか」

お勝がふと口にすると、

「なんでもね、『とうべぇ』とか『いっかんさい』とか、名を使い分けてるようだ。人相を聞いたときは、重兵衛さんに似てると思ったが、名が違うからな」

庄次はそう言う。

「しかし、人相も年恰好《としかっこう》も、どことなく重兵衛さんと似てはいませんか」

治兵衛が、やけに声をひそめた。

「似てる」

そう呟いたのは、流しの近くで話を聞いていたお妙である。

「治兵衛さん、まさか、似てる人がたびたびここに来てるってことを、親分に話したんですか」

お勝が問い質《ただ》すと、

「滅相《めっそう》もない」

治兵衛は慌てて打ち消し、片手を大きく横に打ち振った。

表通りから『ごんげん長屋』の木戸を潜って路地へと切れ込んだお勝の鼻が、薪《まき》を燃やした煙の匂いを嗅《か》いだ。

間もなく六つ（午後六時頃）を迎える夕刻の町内には、たいてい、煮炊きをした匂いが漂う。

路地を進んだお勝が、井戸端に固まっている住人の姿に眼を留めた。

「お勝さん、お帰り」

真っ先に気づいて声を掛けたのは、お啓だった。

「何ごとですか」

お勝は、お啓と立ち話をしていたお富、岩造、鶴太郎らに眼を向けた。

「昨日、一度は帰っていった例の重兵衛さんが、さっきまた、現れたんですよ」

声をひそめたお富が、お勝に向けて小さく頷いた。

「だがね、彦次郎さんや藤七さんと、表通りの『たから湯《ゆ》』に行ったそうだ」

岩造がそう言うと、

「なんでも、来月辺り仕事がひと区切りするらしく、江戸を離れる重兵衛さんが『ごんげん長屋』に来るのは、今夜が最後になるという話だったね」

鶴太郎から、思いがけない話が出た。

「今夜、藤七さんの家で飲み食いをするから、皆さんどうぞと声は掛かったけど、うちは遠慮しますよ」

お富はそう言うと、「ね」と岩造に同意を求めた。

岩造は「あぁ」と口にしたが、声には自棄《やけ》のような響きがあった。

「そうだねぇ。治兵衛さんや庄次さんに聞いたけど、重兵衛さんに似た人が侍ちに捜されてるっていう話もあるし、今夜は近づかない方がいいかもしれないねぇ」

「お啓さん、そんな言い方はあんまりじゃないかねぇ。重兵衛さんがなんだか悪い人みたいにさぁ」

お勝はやんわりと釘を刺したが、

「だけどさ、庄次さんから聞いたところによれば、重兵衛ってのは、大名家に呼ばれて鉄砲を作ってると自慢したそうだが、それは法螺を吹いてやがるのさ。大名に仕事を頼まれるようなお人が、おれらが行く『つつ井』みてぇな飲み屋で酒を飲むとは思えねぇ」

鶴太郎はそう言い切った。

すると、お啓は、

「わたしもそう思うんだよ。重兵衛って名にしたって、本当かどうかわからないしさ。『いっかんさい』だか『とおべぇ』だかの方がお似合いだよ。胡散臭《うさんくさ》い祈禱師《きとうし》がつけそうな名だもの」

さらに妄想を膨《ふく》らませた。

「おれが思うに、そのうち惨《みじ》めな身の上話をして住人から金を集めたら、そのまま姿をくらます手合いかもしれねぇ」

「そそそ。岩造さんの言う通り、今夜の集まりには顔を出さない方がいいね」

「鶴太郎さん、なんてこと言うんですか」

鋭い声が響き渡り、眼を吊り上げたお琴が、下駄を鳴らして路地から駆け寄ってきた。

「いや、お琴ちゃん、おれはただ、治兵衛さんが言ってたことを話しただけで」

そう言いながら、鶴太郎はすごすごと井戸端を離れていく。

「それじゃ、わたしも」

笑顔を作ったお富の声に合わせるように、岩造もお啓も自分の家へと帰っていった。

「治兵衛さんだって、あんまりだわ」

路地を睨《にら》みつけたお琴が、掠れた声を吐いた。

「だけどお琴、治兵衛さんは何も悪く言おうとしたんじゃないんだよ」

「だって」

「番頭というものは、主に成り代わってお店を守ろうというような気概を持つんだよ。お店に損をさせちゃいけないって、些細《ささい》なことにも用心するもんなんだ。それでついつい、疑《うたぐ》り深くなったりもする。だから、番頭になったばかりの治兵衛さんを、長い目で見ようじゃないか」

お勝が静かに話し終えると、お琴は、黙って小さく頷いた。

五

日が落ちて半刻ほどが経って、藤七の家の外に夜の帳《とばり》が下りている。

ふたつの行灯に火がともされ、家の中は明るい。

行灯のひとつは、彦次郎が持ってきたものである。

五合の通徳利とともに、小魚の佃煮《つくだに》、炒《い》った豆腐《とうふ》や揚《あ》げ豆腐、うどの酢味噌《すみそ》和《あ》えなどが車座《くるまざ》の真ん中に置かれている。それを囲むように座った藤七、彦次郎、重兵衛、お六、栄五郎、お勝が箸を伸ばし、銘々が自分の小皿に取り分けては盛んに口に運んでいた。

彦次郎によれば、与之吉とお志麻夫婦は、前々から決まっていた知り合いの家に呼ばれていたので、六つの鐘が鳴る頃、『ごんげん長屋』を出たという。

鶴太郎と庄次と治兵衛は、腹の調子が悪く、『残念ながら伺えない』と断ってきた。辰之助と岩造の代わりに断りを入れに来たお富とお啓は、『明日の朝が早いので』ということだった。

だが、辰之助と岩造については、女房から許しが出なかったからだと思われる。

「重兵衛さん、来月ひと区切りする仕事とは、いったいなんなんですか」

昆布《こぶ》巻《ま》きの鰊《にしん》を飲み込むと、お勝が問いかけた。

「長い間考えていた新しい鉄砲がそろそろ出来上がりそうでして、その試し撃ちを終えたら、国に戻れます」

重兵衛の顔に笑みが浮かんだ。

「新しい鉄砲といいますと」

興味を示したのは栄五郎である。

「つまり、火薬で弾を飛ばすのではなく、気で飛ばすんですよ」

重兵衛の言葉に、一同の手が止まった。

「気というのはつまり、この家の中にも路地にもある眼には見えないものでしてね。つまり、息を吸うと、気の塊《かたまり》のようなものが喉を通って胸に入っていくでしょう」

重兵衛がそう言うと、栄五郎とお六が背筋を伸ばして息を吸い込み、

「今、この胸の中に入っていったのが、気ですか」

「そうです」

重兵衛は、尋ねたお六に向かって大きく頷き返す。

「てことは、鉄砲の筒《つつ》に息を吹きかけて弾を飛ばすっていう寸法かい」

そう尋ねた藤七は、眉間に皺を寄せて盛んに首を傾げている。

「藤七さん、何か、膏薬《こうやく》を入れていたような紙袋がありませんかねぇ。薬袋でもいいんですが」

「お。空の煙草袋があった」

藤七は、茶簞笥《ちゃだんす》の引き出しから『薩摩《さつま》煙草』の文字の入った紙の袋を出して、重兵衛に手渡す。

すると重兵衛は、紙袋の中に自分の息を吹き入れて膨らませると、袋の口を閉

じ、

「いいですか」

見ている一同に言うや否や、片方の手で袋を叩いた。

すると紙袋が、ポンという破裂音を発して裂けた。

「この通り、気というものを閉じ込めて一時に力を加えますと、物を飛ばしてしまうような力を発揮するのですよ」

重兵衛は丁寧に口を利いたが、

「なるほど」

唸り声を上げたのは、栄五郎ただ一人だった。

お勝をはじめ、他の一同は、「へぇ」と声を洩らしたが、それはただ、感心したようなふりだと思われる。

そのとき、表の方でニャオと、猫の鳴き声がした。

同時に、何人かの慌ただしい足音もした。

「なんだなんだ、てめぇら！」

庄次の驚いた声が外から聞こえるとすぐ、

「顔を隠しやがって、てめぇら押し込みかっ！」

岩造の鋭い声が弾《はじ》けた。

その声に反応したお勝は、戸口に立てかけてあった心張《しんば》り棒《ぼう》を掴んで路地へと飛び出す。

その眼の前に、井戸端の方から黒い人影が三つ、今にも腰の刀を抜きそうな勢いで迫ってきた。

「お前さん方はなんだ！」

心張り棒の先を向けたお勝が気迫に満ちた声を上げると、顔を覆面で隠した袴《はかま》姿《すがた》の侍三人が、刀の鯉口《こいぐち》を切った。

「よくも、当家の者をかどわかしたな」

先頭に立っていた覆面の侍が、くぐもった声を発した。

「かどわかしとは何のことだい」

お勝の声に、

「しらばくれるなっ」

そう言いながら刀を抜いてお勝に迫ったのは、『かどわかし』と声にした侍の横にいた図体の大きい侍だった。

だが、狭い路地では動きが大きく、抜いた刀を家の壁にぶつけた。

その間隙《かんげき》を衝《つ》いたお勝が、刀を抜いた侍の腕に心張り棒を叩きつけると、落とした刀がどぶ板に当たって転がった。

「お勝さん、おれらも手助けするぜ」

侍たちの向こうに現れた刃物や棒を手にした三つの人影のひとつから、聞き覚えのある岩造の声がした。

「わたしも、いざというときは刀を抜きますよ」

藤七の家からは栄五郎が出てきて、落ち着いた声を投げかけた。

「当家に関わりのある藤兵衛《とうべえ》という者が根津界隈《かいわい》で見られ、しかも今夕は、二人の男に挟まれてこの長屋に連れてこられたことは、捜していた当家の者が見ているのだ」

最初に口を利いた侍が、一気に吐き出すと、

「藤兵衛を返せ」

一番小柄な侍が、刀の柄《つか》に手を置いたまま凄《すご》む。

「重兵衛さん、待ちなよ」

藤七の声がするとすぐ、路地に現れた重兵衛が、

「早瀬《はやせ》様、こちらの方々は、わたしの世話をしてくだすったのですよ」

落ち着いた声で、先頭に立つ侍に告げた。

すると、名を呼ばれた先頭の侍は刀から手を離し、顔を覆《おお》っていた黒布を外した。

家々から洩れ出た明かりに浮かんだ侍の顔は、二十五、六ほどに見える。

他の二人もようやく覆面を取った。

いつの間にか、藤七の家にいた連中が、路地に出ていた。

「藤兵衛殿、何ゆえ蔵屋敷を出られたのです。皆が心配していたのですよ」

早瀬の声は落ち着いていた。

「このまま我らとともに蔵屋敷に戻られよ」

小柄な侍から切羽《せっぱ》詰まった声が掛かった。

「潮時《しおどき》ですな」

ぽつりと口にすると、重兵衛は笑みを浮かべた。

「重兵衛さんの持ち物は、これだね」

家の中に入り込んだお六が、信玄袋と羽織を持って出てくると、重兵衛の手に持たせた。

「重兵衛と名を騙《かた》っていましたが、まことは藤兵衛というのですよ。皆さんには、後日、改めてご挨拶に」

重兵衛は、長屋の者たちに頭を下げると、侍たちに前後を守られるようにして、表通りの方へ向かっていった。

その姿が闇の向こうに消えると、どこかで微かに猫の鳴き声がした。

この二日ばかり、根津権現社界隈は穏やかな陽気だった。

あと三日もすれば、お釈迦《しやか》様の誕生を祝う灌仏会《かんぶつえ》という日の午後である。

質舗『岩木屋』の昼下がりは、いつものように静かだった。

帳場格子の机に着いたお勝は算盤《そろばん》を弾き、手代の慶三は板張りに並べた質草に紙縒《こよ》りを結びつけている。

ひと際高い声を張り上げて、簾売《すだれう》りが表を通り過ぎていった。

「お勝さん」

名を呼ばれて顔を上げると、笑顔の慶三が、目で戸口を示した。

「おっ母さん、ほんの少しでいいんだけど、根津権現に出られないかな」

おずおずと土間に入ってきたお琴が、困ったような声を出した。

「番頭さん、何かあったら弥太さんか要助さんに呼びに行ってもらいますから、どうぞ」

　慶三に促されると、

「それじゃ頼みますよ」

　腰を上げたお勝は、土間に置いていた下駄に足を通すと、お琴とともに表へと出た。

「こっち」

　お琴は先に立つと、根津権現社の境内にお勝を導いた。

「さっき、若いお侍が、おっ母さんに会いたいって長屋に来たから、近くに案内してきたのよ」

　道々そう言うと、お琴は裏門に近い境内の隅にある茶店で足を止めた。

「あの人」

　お琴は、『おきな家《や》』という、お勝には馴染みの茶店を指さした。

　平屋の建物の戸口近くに置かれた縁台に腰を掛けていた羽織袴の侍が、ふと顔を向けて腰を上げた。

「じゃ、わたしは帰る」

　お琴は返事も聞かず、急ぎその場から去っていった。

「あぁ。あなた様でしたか」

お勝は、待っていたのが早瀬だと気づいて近づき、軽く頭を下げた。

「お呼び立てして、申し訳ありません」

先夜《せんや》は暗くてわからなかったが、お勝に頭を下げた早瀬の眼は澄《す》みきっていた。

「お勝さんは仕事中だから、茶だけでいいんだろう」

ぞんざいな物言いをした親父の徳兵衛《とくべえ》は、湯呑を置くとすぐ建物の中へ引っ込んだ。

「わたしは、近江彦根藩《ひこね》、江戸蔵屋敷詰めの早瀬千次郎《せんじろう》と申します」

頭を下げて丁寧に名乗ると、今日、『ごんげん長屋』の大家を訪ねて、詫《わ》びをしてきたと打ち明けた。

先夜、三人で長屋に押し入り、刀を抜いて騒がせたうえに、路地のどぶ板を一枚踏み割り、家の壁には刀傷をつけたので、その修理代を置いてきたのだという。

「あなた様にも会わねばならず、娘御《むすめご》に案内を乞《こ》うてしまいました」

「わたしに、何か」

お勝が訝ると、

「長屋では重兵衛と名乗っていた、鉄砲鍛冶の藤兵衛殿のことを話しておこうと思います」

少し改まった早瀬は、藤兵衛というのは、彦根藩の鉄砲や大砲を作る鍛冶師だと口にした。

「近年、日ノ本《ひのもと》の近海には異国の船がたびたび現れております。その脅威《きょうい》から国を守るためにも砲術というのは大事なのです。しかし、一方では、幕府に異を唱え、謀反《むほん》をたくらみ、鉄砲作りを意図する藩が出ないともかぎらぬ今、鉄砲鍛冶師をかどわかされてはならじと、当家としては用心をしていたのです。此度《こたび》は杞憂《きゆう》に終わりましたが、夜討ちのような仕儀《しぎ》に至ったこと、長屋の方々には深くお詫び申します」

頭を下げた早瀬は、折り畳《たた》んだ紙を袂から出すと、

「藤兵衛殿から、あなたへと、文を託されてまいりましたので」

お勝の前に差し出した。

「国に戻る前に『ごんげん長屋』には顔を出したいと思っていたようですが、藤兵衛殿は来月、幕府ご重役の前で、気砲《きほう》の試し撃ちをすることになっておりまし

て、いささか多忙のうえ、試し撃ちの後は直《ただ》ちに帰国することになっております。それで、この文を」

お勝は一礼すると、早瀬が差し出していた文を両手で受け取った。

『わたしは、近江、国友村《くにともむら》の鉄砲鍛冶、藤兵衛とも、一貫斎《いっかんさい》とも申す者でございます』

『岩木屋』に戻ったお勝が帳場に座って開いた文は、そんな書き出しで始まっていた。

彦根藩との関わりを知られるのを憚《はばか》り、つい重兵衛と偽《いつわ》りの名を口にしてしまったのだとも記されていた。

江戸に来て三年が経つ重兵衛には、南八丁堀の蔵屋敷での暮らしは味気ないものだったようだ。気ままに蔵屋敷を出ることはならず、檻《おり》に入れられてはいないものの、蔵役人の見る眼は厳しく、上野東叡山で蔵屋敷の侍たちから逃れて過ごした『ごんげん長屋』での日々は、騒がしく楽しく、忘れられないと認《したた》められていた。

さらに、

『これという礼はできないが、栄五郎の手跡指南所には、いつか、星や月を見る遠眼鏡《とおめがね》を進呈するつもりである。その他にも、町小使の藤七には、一度墨《すみ》を入れると、長い間書くことのできる〈懐中筆《かいちゅうふで》〉を、お勝には、燭台《しょくだい》の油が少なくなれば、勝手に油を注ぎ足してくれる〈無尽灯《むじんとう》〉なるものを、完成次第送るつもりである』

というようなことまで書いてあり、『皆々様に、どうかよろしくお伝え願いたい』と締めくくられてあった。

お勝は、重兵衛の篤《あつ》い思いが十分に文面から読み取れた。

だが、文中にある〈懐中筆〉や〈無尽灯〉というものがどんなものか、まったくわからない。一度墨を入れたら長く書き続けられる筆とは何か。油が少なくなれば、勝手に油が注ぎ足される燭台とはいったいなんなのか、見当がつかない。

長屋の者に軽々しく話して不審がられるのも癪《しゃく》だから、現物が届くまでは、黙っておいた方が得策のような気がする。

長屋のみんなに、法螺を吹いていると思われてはたまらない。

お勝は文を折り畳むと、懐深くねじ込んだ。

第四話　迎《むか》え提灯《ちょうちん》

一

夏になって、根津権現門前町もさらに日が延びてきた。

お勝が番頭を務《つと》める質舗『岩木屋』は、いつものように七つ半（午後五時頃）に店を閉めたのだが、主《あるじ》である吉之助から茶菓《さか》が振る舞われた。

台所の板張りで吉之助夫婦を交《まじ》えて、しばし世間話に花を咲かせた後、奉公人一同は『岩木屋』を後にしたのだった。

あと四半刻《しはんとき》（約三十分）ほどで六《む》つ（午後六時頃）という頃おいである。

表通りを『ごんげん長屋』の方に向かっていたお勝は、谷中三浦坂《やなかみうらざか》の方から四《よ》つ辻《つじ》を曲がって現れた娘を見て、足を止めた。

「あ。おばさん」

娘はそう口にすると、笑みを浮かべてお勝の前で立ち止まった。

谷中瑞松院の手跡指南所《しゆせきしなんじよ》で机を並べていた、お琴とは幼馴染《おさななじ》みのおれんだった。

根津権現門前町の仏具屋に奉公しているおれんとは、先日も立ち話をしたばかりだった。

「玉林寺《ぎよくりんじ》さんにお届け物をした帰りです」

おれんは、三浦坂上にある大寺《だいじ》の名を口にした。

「大事な仕事をまかされているようだね」

「はい」

明るく返事をしたおれんは、嬉しそうに頷《うなず》く。

「仕事が楽しそうで、いいことじゃないか」

「はい。世の中のいろいろなものが見られるし、いろんな人と会えるのも楽しいです」

おれんは眼を輝かせると、

「しばらく会わないけど、お琴ちゃんはどうしてますか」

「わたしが外で仕事をしているもんだから、家のことをやってもらって、助かってるんだよ」

お勝は、普段思っていることを素直に口にした。

「お琴ちゃんは偉いな」

おれんは笑顔でそう呟《つぶや》いた。

「あ、引き留めてすまなかったね。早くお店にお戻り」

お勝が促《うなが》すと、

「お琴ちゃんに、いつかまた会いたいって伝えてください」

そう言うと、おれんは根津権現社の方角へ足を向けた。

微笑《ほほえ》んで見送ったお勝は、歩きかけてふと、おれんが去っていった方に顔を向けた。

「お琴ちゃんは偉いな」

おれんが口にした言葉が、なぜか、お勝の耳にこびりついていた。

「『西念堂《さいねんどう》』の女中を知っておいでで？」

背後で聞き覚えのある男の声がして振り返ると、下っ引きの久助を従えた目明かしの作造が、お勝の目の前で足を止めた。

「今の子は、おれんちゃんといって、うちのお琴と同い年の手跡指南所の仲間ですよ」

「なるほど」

作造は得心したように小さく何度も頷くと、

「実はお勝さん、この間から、子供を捜してる女がいるらしいんだよ」

少し声を低めた。

「子供とはぐれたのかい」

「そうじゃねぇんですよ」

そう口を挟んだのは、久助だった。

武家屋敷に奉公しているような初老の女中が、かなり以前、谷中の寺の山門《さんもん》の下に置き去りにした乳飲み子の行方を捜していると言うのだが、そのことは、久助自身、町内の知り合いからの又聞きなのだと付け加えた。

「ただ、そのお女中が乳飲み子を置き去りにしたのは六年前と言ってるようなんだが、お勝さん、思い当たることはないかい」

作造は、密《ひそ》やかな声を向けた。

「六年前――」

お勝は呟いて、首を傾《かし》げた。すると、

「六年前、妙雲寺《みょううんじ》の山門に置かれていたお妙ちゃんの様子に、似てると思わないかい」

辺りを憚《はばか》るような作造の声に、お勝は思わず息を呑《の》んだ。

「けどまぁ、六年前のあの年は、他にも何人か、捨て子や迷子があったから、何もお妙ちゃんだとはかぎらないがね」

作造はいきなり声の調子を明るくした。

どうやら、息を呑んだお勝を気遣《きづか》ったのかもしれない。


『ごんげん長屋』のお勝の家の中は、しんと静かである。

夕餉《ゆうげ》の片付けを済ませるとすぐ、お琴、幸助、お妙は、路地を挟んだ向かいに住むお六の家に行った。

以前、本所《ほんじょ》で暮らしていたお六は、『本所七不思議《ほんじょななふしぎ》』を知っていて、夕方、お琴たちは『置《お》いてけ堀《ぼり》』『片葉《かたは》の葦《あし》』『足洗い屋敷』『狸囃子《たぬきばやし》』の話を聞いたという。

だが、夕餉の支度が迫ったため、残り三つの話は、後で聞くことになっていたと言い、子供たちは飛び出していったのだ。

お勝は、明かりのともる行灯《あんどん》の傍《そば》に針箱を置いて、裾上《すそあ》げしていた着物の糸をほどいている。

曙色《あけぼのいろ》の地に蝶《ちょう》の模様の配された袷《あわせ》は、お妙のものである。

例年、四月一日の更衣《ころもがえ》には、綿を抜いた袷を子供たちに着させるのだが、幸助とお妙の着物の裾が短くなっていたのだ。

幸助もお妙も近くにいるものだから、背が伸びていたということに気づかなかったようだ。

秋の更衣から半年も経《た》てば、知らぬ間に子供の背は伸びるのだとつくづく思い知らされた。

「さてと」

独り言を呟いたお勝は、裾を縫うのは明日のことにして、針箱を板張りの隅に置き、幸助とお妙の着物は衣紋掛《えもんか》けに通して、長押《なげし》に掛けた。

お勝は土間の下駄《げた》に足を通すと、暗くなった路地に出た。

どぶ板を跨《また》いでお六の家の前に立つと、

「お六さん、わたし」

声を掛けて腰高障子《こしだかしょうじ》を開けると、お六の前に神妙な顔で座っているお琴、幸助、お妙の姿が眼に入った。

「三人も押しかけてすまなかったね、お六さん」

「なぁに、どうということはありませんよ」

お六は、屈託《くったく》のない笑みを浮かべた。

「お前たち、『本所七不思議』の残りの話は聞けたのかい」

お勝が問いかけると、お琴たち三人は強張《こわば》った顔のまま、こくりと頷いた。

「そしたら、お六さんは朝が早いから、お前たちはそろそろ引き揚《あ》げないといけないよ」

お勝が子供たちを急《せ》かすと、

「お六さん、ありがとう」

お琴の声に続いて、幸助もお妙も「ありがとう」と口にして、お六の家を後にした。

「だけど、お六さん、本所にはいつ頃いたんだい」

「亭主に追い出されてすぐの、十年前から二年くらいですよ」

お六は、あっけらかんと答えた。

「それで、『本所七不思議』を知ったわけだ」

「住んでた長屋に、話好きの鉄棒《かなぼう》曳《ひ》きがいましてね」

お六が口にした鉄棒曳きというのは、近隣の些細《ささい》な出来事を大袈裟《おおげさ》に触れ回るお喋《しゃべ》りな人物のことである。

「なるほどね。それじゃ、わたしも引き揚げますよ」

そう言って路地に出かかったお勝に、

「お勝さん、ちょっと」

お六から、小さな声が掛かった。

お勝が振り返ると、

「さっき、お琴ちゃんたちが言ってましたけど、夕餉のとき、おっ母さんの口数が少なかったって、気にしてましたよ。何か心配ごとでもあるんじゃないかなんて」

お六が、気遣うような物言いをした。

お六に言われて思い返したお勝は、夕餉のとき、ほんのわずか、心ここにあらずという心境になっていたような気がする。

先日と今日、女中奉公をしているおれんの活《い》き活《い》きとした様子を見たお勝は、ふと、お琴のことを思ってしまったのだ。

おれんと同い年のお琴は、長屋に残って家事に勤《いそ》しんでいるが、心から楽しめているのだろうか。そんな思いが、頭をよぎってしまった。

「昼間ちょっと、質草《しちぐさ》のことで気がかりなことがあったもんだからさ」

お勝は笑って誤魔化《ごまか》すと、「おやすみ」と声を掛けて、我が家へと戻った。

敷き詰めた夜具《やぐ》の上に、寝巻に着替えた子供たち三人が座り込んでいたが、お勝が上がると、口を閉じた。

「内緒話かい」

お勝が口を開くと、

「さっき、お六さんから聞いた話で、どれが一番怖かったかって言い合ってたのよ」

笑みを浮かべたお琴から、そんな声が返ってきた。

「そしたら、七つの話の中では、三人とも『送り提灯《おくりちょうちん》』が一番怖いっていうことになったの」

お妙がそう言うと、幸助は神妙な顔で頷いた。

「『送り提灯』かぁ。どんな話だったかねぇ」

提灯に絡む話だったような気はするが、かなり以前に耳にしていたお勝の記憶は曖昧《あいまい》になっていた。

「あのね、提灯を持たずに夜道を歩いてるとね、行く先の見えない暗い道の向こうにふわりと、提灯みたいに揺れる明かりが見えるのよ」

お妙が、低い声で口を開いた。

「その明かりが、道案内をしてくれるっていう話だね」

「違う」

叱責《しっせき》するようなお妙の声が、口を挟んだお勝に飛んできた。だがすぐに、

「その明かりは、まるで道案内をするかのように、揺れて待ってるの。あの明かりを目当てに行けば、迷わないのかもしれないと思って近づくと、いきなり明かりは消えるのよ」

お妙の話に、幸助は小さく相槌《あいづち》を打った。

「すると、さっきより少し先でまた明かりが灯《とも》るの。その明かりを目指して近づくと、またふっと明かりは消え、しばらくすると少し先でまた灯るってことの繰り返しで、いつまで経っても明かりに追いつけないっていう話なの」

話し終えたお妙は、どうだと言わんばかりに、みんなの顔をゆっくりと見回す。

「その夜道の明かりは、とどのつまり、道の見えない人を家に送り届けるんだったかねぇ」

お勝が疑問を呈すると、

「お六さんは、そんなことまでは話してくれなかった」

お妙は、お勝に向かって不満げに口を尖《とが》らせた。

「お六さんは最後まで話さなかったけど、その明かりは送り届けたに違いないわね。だから『送り提灯』って外題《げだい》がついたんだわ」

お琴が口にすると、お妙も納得したのか、コクリと小さく頷いた。

「さ。おれは寝よう」

そう言うと、幸助は、四つ並んで敷かれた夜具の一番端に潜《もぐ》り込んだ。

幸助が横になった夜具からひとつ空けた場所の夜具に、お妙も入り込んだ。

「おっ母さん、夜なべをするの？」

幸助と反対側の端に敷かれた夜具に座り込んだお琴が、長押に掛かったお妙と幸助の着物を指でさした。

「それは、明日のことにしたよ」

お勝は、土間近くの板張りに立ち、着物の帯を解こうとして、

「そうそう、『岩木屋』さんからの帰り、おれんちゃんに会ったよ」

「おれんちゃんは、たしか仏具屋に住み込み奉公をしてるのよね」

「うん。この前からばったり、立て続けに会ってるんだけど、楽しそうにしてたよ」

そう言うと、お勝は帯を解くのをやめて、幸助とお妙の間の夜具に膝《ひざ》を揃《そろ》え、

「お琴お前、どこか、奉公に出たいとは思わないのかい」

さりげなく尋ねた。

「だって、わたしには家でやることがあるもの」

お琴は屈託のない笑みを浮かべた。

「もし、家のことがなければ、奉公に出てもいいとは思うのかい」

お勝の問いかけに、お琴は小さく首を傾げ、思いを巡らせるように天井に眼を向ける。

「なんなら、去年、断りを入れた料理屋『喜多村』に奉公に出てもいいんだよ。もし、そんな気になったら、お前が家のことを心配しなくてもいいように、おっ母さんが別の仕事を探してもいいんだよ。朝餉も夕餉もおっ母さんが作れるような働き口をさ」

お勝は、努めて陽気な物言いをした。

「そしたら、『岩木屋』さんを辞《や》めるってこと？」

「いざとなったらね」

お勝は、話が深刻にならぬよう、お妙には笑顔で答えた。

「おっ母さんなら、働き口はどこにだってあるさ。読み書き算盤《そろばん》はできるし、喧《けん》嘩《か》も強いしさ」

突然、上掛《うわが》けを押し上げて上体を起こした幸助が、声に力を込めた。

「幸助、喧嘩なんてよしとくれよ。どうせ言うなら、小太刀《こだち》って言っておくれ」

幸助の言葉に笑って物言いをつけると、お勝は少し改まり、

「別に急ぐことはないけど、どこかに奉公したい気があるなら、考えていいんだよ」

お琴に対して、穏やかに語りかけた。

「おっ母さん、おっ母さん」

耳元で囁《ささや》く声がして、お勝は眼を開けた。

だが、眼には暗がりしか映《うつ》らない。

「おっ母さん、厠《かわや》についてきておくれよ」

お勝の横に膝を揃えた幸助が、掠《かす》れた声で訴えていた。

体を起こしたお勝が眼を巡らせると、路地に月明かりはなく、障子の紙は黒々としている。

「提灯を点けてやるから」

暗さに眼の慣れたお勝は、夜具から抜け出すと、土間の柱に掛かっていたぶら提灯を手にした。

「ついてきておくれよ」

幸助は、夜具の上に座り込んだまま顔を上げ、お勝に訴えかけた。

「送り提灯なんか出ないよ」

暗がりの向こうから、お妙の声がした。

「そんなもん、怖くないよ」

幸助が反発すると、

「じゃ、何が怖いの」

お琴の声もした。

「置いてけ堀」

幸助はすぐに返答した。

「あぁ。置いてけ置いてけって、暗がりから声が掛かるかもしれないね」

お妙の声に、「ひっ」と、幸助が喉《のど》を詰まらせたような音を出した。

「わかったわかった。ついていくから、おいで」

着物の胸元を合わせたお勝が、土間の履物に足を通して戸を開けると、幸助は急ぎ立ち上がった。

二

『岩木屋』の台所女中のお民と二人して、谷中三崎町の法住寺を後にしたお勝は、駒込千駄木坂下町の四つ辻を左に折れた後、谷戸川に沿って根津権現社の方へと向かっている。

日射《ひざ》しは中天《ちゅうてん》から降り注いでいるが、行楽《こうらく》にはもってこいというような陽気である。

谷戸川に沿った道は、いつもより人の往来が多い。

灌仏会《かんぶつえ》のこの日、檀那寺《だんなでら》を訪れた人々が行《ゆ》き交《か》っていると思われる。

お民が手に提《さ》げている竹籠《たけかご》には、甘茶《あまちゃ》の入った竹筒《たけづつ》が数本入っている。

法住寺の灌仏会に行ったお勝とお民は、『岩木屋』の主一家と奉公人たちのために、甘茶を入れた竹筒を持ち帰っていた。

お民の籠の中には、主一家と自分の家の分と、お勝や蔵番の茂平、車曳《くるまひ》きの弥太郎、修繕係の要助、手代の慶三に頼まれた甘茶の竹筒が入っている。

人が詰めかける午前は避けて、昼過ぎに寺に行くのが、お勝とお民の毎年の恒例となっていた。

「それじゃお民さん、甘茶は台所で預かっておいてください」

建物の裏手の台所に向かうお民を『岩木屋』の表で見送ったお勝は、店の中に入っていった。

「番頭さん、お帰りなさい」

板張りで紙縒《こよ》りを縒《よ》っていた慶三が手を止め、

「旦那さんが、番頭さんが戻られたら奥の座敷にって言っておいででしたが」

「なんだろう」

独り言を口にして土間を上がったお勝は、帳場の前を通り抜けて暖簾《のれん》を潜《くぐ》り、主一家が暮らす奥向きへと進む。

「勝ですが、ただいま戻りました」

台所へも通じる廊下に膝を突いて、障子の閉まった座敷に声を掛けた。

「お入り」

座敷から、吉之助の声がした。

お勝が障子を開けて座敷に入ると、床の間を背にした吉之助の横にはお内儀《ないぎ》のおふじも膝を揃えていた。

「お呼びと伺《うかが》いましたが」

お勝は、おふじの顔が心なしか硬いのに気づいて、少し改まった物言いをした。

「番頭さん、いやお勝さんお前、『岩木屋』を辞めるつもりなのかい」

吉之助から思いもしない言葉が飛び出して、面食らったお勝は声もなく、主夫婦を見比べた。

「お勝さん、辞めたいって言うわけを聞かせておくれよ」

今にも泣きそうな顔をしたおふじは、身を乗り出すようにして畳に片手をついた。

「給金に不満があるのかい」

そう口にした吉之助の顔には戸惑いが貼りついている。

「いったい、なんのことでしょうか」

お勝は、やっとのことで声を発した。

すると、吉之助夫婦は揃って両肩を大きく上下させて、一息ついた。

「番頭さんが、台所のお民と法住寺に出掛けた後、お妙ちゃんがここに来てね」

「手跡指南所は、どうしたんだろ」

お勝は独り言を呟いた。

「瑞松院にも灌仏会の人が押しかけるから、今日の手跡指南所は休みだったそうだよ」

おふじが、お勝の不審にそう答えた。

「そのお妙ちゃんがわたしに言ったんですよ。もし、おっ母さんが『岩木屋』さんを辞めると言い出しても、決して辞めさせないでくださいって」

吉之助の話に、お勝は口を半開きにして眼を丸くした。

「お勝さんあんまりじゃないか。昨日今日の付き合いじゃないんだし、水臭《みずくさ》いよ。『岩木屋』の番頭を十年も務めてくれたんじゃありませんか。不満があるなら、遠慮なしにしてもらいたいよ」

「おふじの言う通りだよ。お勝さんが番頭に収まっていてくれるからこそ、『岩木屋』は商《あきな》いを続けられてると言ってもいいくらいなんだからね。そのお勝さんに辞められでもしたら、質舗『岩木屋』は看板を下ろさなきゃならなくなりますよ」

声に非難じみた響きはなかったが、吉之助の言葉には、今まで耳にしたことのない心情が詰まっていた。

「ちょっと待ってください」

お勝は、さらに何か言いたそうな吉之助夫婦を押しとどめた。

そして、どうしてお妙が『岩木屋』にやってきて、お勝を辞めさせるな、などと吉之助に訴えたのか、思案を巡らせた。

お勝の脳裏《のうり》に、昨夜のことが瞬時に閃《ひらめ》いた。

「旦那さん、お妙がどうしてそんなことを言ったのか、思い当たりましたよ」

お勝は笑みを浮かべると、母子四人がお琴の奉公について話をしたことを告げた。

お琴に家の留守をまかせてしまっていいのか——お勝は、そんな思いに駆られたのだと、正直に打ち明けた。

「自分が奉公に出た後、家のことはどうなるのかと気にしたお琴を安心させるために、わたしがゆとりの取れる仕事先を探すって言ったんですよ。それを、『岩木屋』さんを辞めるもんだと、お妙が早とちりをしたようです。ですから、こちらを辞めると決めたわけじゃないんです」

お勝は、仕事を探すと口にするに至った経緯を、ことを分けて語りかけた。

「なるほど。事情は飲み込めましたよ」

そう口にすると、吉之助は大きく息を吐いた。

「そうだったねぇ。お勝さんが仕事に出たら、家のことは子供たちがしなきゃならなかったんだねぇ。いや、知らなかったわけじゃないけど、そうか。十三のお琴ちゃんには、弟、妹の面倒やら家の留守を預かる務めもあったんだねぇ」

おふじの呟きに、お勝はただ小さく頷くだけだった。

すると突然、

「わかった」

おふじが膝を叩いて声を張り上げた。

「お勝さんとこの夕餉の支度なら、お民さんに頼んで、うちと『ごんげん長屋』を掛け持ちしてもらったらどうだろうね。いや、それじゃお民さんもきついだろうから、いっそのこと、通いの女中を一人雇い入れる手もありますよ」

「ですが、おかみさん」

お勝が口を挟んだが、

「だって、掃除洗濯もあるじゃないか。やっぱり、お琴ちゃん一人じゃ可哀相《かわいそう》だもの。なぁに、女中の掛かりの半分は『岩木屋』で持ってもいいんだから」

おふじはそこまで言い切った。

「お申し出はありがたいのですが、わたしはまだ、こちらからお暇《ひま》をいただくと決めたわけじゃありませんので」

静かにそう述べると、お勝は、吉之助夫婦に向かって両手をついた。

「でもし、この先困ったことがあったら、わたしらがそんな思いでいるってことは忘れないでおくれよ」

「はい」

吉之助の言葉に、お勝は深く頭を下げた。

『ごんげん長屋』のお勝の家の中に、井戸端《いどばた》で水を使う音や、出職《でしょく》から帰ってきた植木職の辰之助を迎えるお富や鶴太郎の声が届いていた。

「静かだな」

夕餉の膳《ぜん》を前に、ぽつりと声を出したのは幸助である。

「ほんと。おっ母さんも黙りこくって、何かあったの」

箸《はし》を止めたお琴が、お勝に眼を向けた。

「あれだよ。昼間、お客さんとちょっと揉《も》めてさ」

お勝は笑って誤魔化したが、『岩木屋』の帳場に座っていたときから、胸にもやもやとしたものがあった。

仕事を終えて『ごんげん長屋』に帰ってきた夕刻、彦次郎やお啓に「お帰り」と声を掛けられたのにも気づかず、井戸端を通り過ぎようとしたのも、そのせいだったのだ。

「ごちそうさま」

幸助が真っ先に声を出すと、お琴とお妙も続いて箸を置いた。

「ごちそうさま」

最後に箸を置いたお勝は、使った茶碗や小皿、小鉢《こばち》などを重ねて場所を空け、湯呑《ゆのみ》を四つ箱膳に並べた。

「甘茶をいただいてきたから、お釈迦様にあやかろうじゃないか」

四つの湯呑に竹筒の甘茶を注いだ。

お勝の膳の前に集まった子供たちは、甘茶の注がれた湯呑を手にし、

「いただきます」

お勝の音頭で、子供たちも口をつけた。

「片付けは後にして、ちょっと話を聞いておくれ」

お勝の声に、子供たちは何ごとかと、少し改まった。

「お妙は今日、おっ母さんが『岩木屋』さんを辞めると言い出したら、辞めさせないでほしいと言いに行ったそうだね」

穏やかに問いかけると、お妙は少し顔を伏せた。

「そりゃ、お琴が奉公に出たいと言ったら、おっ母さんが働き先を変えてもいいと口にはしたけど、まだ、『岩木屋』さんを辞めるとは決めてないんだよ。だから、お妙に言われて、旦那さんもおかみさんも驚いてらしたよ」

笑い話にしようと笑みを向けたが、お妙は軽く唇《くちびる》を嚙《か》んで俯《うつむ》いた。

「お前、なんでそんなこと『岩木屋』さんに言いに行ったんだよ」

幸助がお妙を咎《とが》めた。

「『岩木屋』さんを辞めた後、おっ母さんに働き口が見つからなかったときのことを心配したんだろう？　実入りがなくなったときのことを」

お勝は笑顔でそう問いかけたのだが、

「違う」

掠れたような声を出したお妙が、小さく首を横に振った。

「違うって――」

聞き間違いかと、お勝はつい聞き返した。

「だって、おっ母さんが『岩木屋』さんで仕事を続ければ、お琴姉ちゃんはいつまでも奉公に出られないから」

お妙が消え入りそうな声を出すと、

「ええと、だったら、おっ母さんには、『岩木屋』さんを辞めてもらった方がいいんじゃないのか」

幸助は、首を傾げながら、お妙に問い質《ただ》す。

「でも、おっ母さんが『岩木屋』さんを辞めなくても、お琴姉ちゃんが奉公に出られる手もあるから」

依然《いぜん》として俯いているお妙の声は、頼りなげに聞こえた。

「おっ母さんもお琴姉ちゃんも仕事に出たら、掃除や洗濯、夕餉の支度なんかは、家に残ったおれがやらなきゃならなくなるじゃないか」

幸助は悲痛な声を張り上げた。

「お琴姉ちゃんの代わりに、わたしが残って、家のことをしてみせる」

そう言い切ると、お妙は決意に満ちた顔を上げた。

「お妙には、家のことはまだまだ無理だよ」

そう断じた幸助は、見下したような笑い声を上げた。

「朝餉はおっ母さんが作ってくれるけど、掃除や洗濯、当番の厠掃除、稲荷《いなり》の祠《ほこら》のお供《そな》えと掃除、その後は夕餉の支度もあるんだよ」

お琴が気遣いを見せたが、

「やれるわよ」

お妙は、お琴に挑《いど》みかかるように胸を張ると、

「同い年の八つなのに、『三六店《さんろくだな》』のおきんちゃんは、傘屋《かさや》の赤ちゃんの子守をしてるんだよ。醬油屋《しようゆや》裏のおつまちゃんはお祖母《ばあ》ちゃんと一緒に糊売《のりう》りをしてるし、おさきちゃんは、毎朝卵売りをしてるんだ」

どうだと言わんばかりに肩をそびやかす。

「そりゃ、物売りも大変だけど、家の中のことだって毎日きちんきちんとやらなきゃいけないし、もっと大変なんだから」

お琴が優しく諭《さと》すように話しかけた途端、

「大丈夫。お琴姉ちゃんは安心して、どこかに奉公に行ってよ」

お妙から突き放したような言葉が返ってくると、お琴は顔を強張らせた。

「あんた、そんなにわたしの仕事を横取りしたいの」

「わたしは、お琴姉ちゃんのためを思って言ってるんだから」

「そんなこと言って、お妙お前、自分も役に立つってとこを見せたいだけなんだろっ」

からかうような幸助の声に、お妙が眼を吊り上げ、

「違うっ」

と言い返した。

「嘘《うそ》だね」

幸助はお妙の抗弁を、一言で切り捨てた。

「幸助、おやめ」

お勝が鋭い声を発すると、子供たちは渋々ながら静まった。

「おっ母さん。わたしは、奉公には出ないからね。だから、家のことはわたしにまかせて」

お琴の口調は静かながら、かえって、決意のほどが窺《うかが》えた。

敵意を隠しもせずに睨《にら》みつけたお妙の口から、

「こんなうち、わたし、もう嫌だ」

そんな言葉が飛び出すと、いきなりお妙の頬《ほお》をお琴が叩いた。

「なによっ」

頬を手で押さえたお妙は、土間の履物を引っかけると、暗くなった路地へと飛び出した。

「幸助、追うんだよ！」

お勝が命じると、幸助は素早く立って、お妙の後を追って出た。

ふうと、お勝は細く息を吐いた。

じっと座っていたお琴は、思いついたように腰を上げると、流しから持ってきた洗い桶《おけ》に、使い終わった夕餉の茶碗や箸などを黙々と入れ始める。

お勝も座ったまま、手近の茶碗などを、お琴の洗い桶に突っ込む。

軽く音を立てて戸口の腰高障子が開くと、笑みを浮かべた彦次郎が、路地から顔を突き入れた。

「今日は、珍しく荒れましたねぇ」

彦次郎の物言いは温かく、

「えぇ。おやかましいことで」

お勝は思わず笑みを浮かべて、軽く頭を下げた。

三

昼を過ぎた辺りから、『岩木屋』の帳場に静けさが戻っていた。

店を開けると同時に、質草を請《う》け出す客と質入れの客が次々とやってきて、蔵番の茂平や修繕係の要助の手を借りる羽目になったのだが、その騒ぎはほんの少し前まで続いたのだ。

帳場格子《ちょうばごうし》に着いて帳面付けをしていたお勝が、ふと筆を止めて、凝《こ》りでもほぐすように軽く首を回した。

開いた障子の外では、乾《かわ》いた通りに手桶の水を撒《ま》いている慶三の姿があった。

お勝は、硯《すずり》で墨《すみ》をすり始めた。

今朝、いつもより早めに『岩木屋』に来たお勝は、昨日お妙が口にした一件について、吉之助と会って話をしたのだった。

『岩木屋』から暇を貰《もら》うという話は、昨夜立ち消えになったと伝えたのである。

その件で、お琴と対立したお妙が家を飛び出したのだが、そのことは秘した。

昨夜、お琴に頬を叩かれて家を飛び出したお妙は、お六の家に飛び込んでいた。

少し落ち着くまで家に置いてくれたお六は、四半刻ほど経ってから、お妙を連れてきてくれた。だが、それ以降、お妙は誰とも口を利《き》こうとはせず、朝餉の膳に着いてもだんまりを決め込んでいた。

お勝が『岩木屋』へと出掛ける間際、お妙が口にした一言は、「今日、手跡指南所は休む」ということだった。

「番頭さん、作造親分が」

手桶を提げて土間に入ってきた慶三が戸口を指し示すとすぐ、目明かしの作造も土間に足を踏み入れた。

「これは親分」

お勝は帳場を立ちながら挨拶《あいさつ》をすると、土間近くの板張りに膝を揃えた。

「お勝さん、すまないが、ほんの少し、自身番にご足労《そくろう》願えないかねぇ」

作造は困惑した様子を見せ、拝《おが》むように片手を挙げた。

「わたしは構いませんが」

お勝が言いかけたとき、

「親分、話は聞こえましたよ」

そう言いながら奥から現れた吉之助は、作造の近くで膝を揃え、

「御用の筋でしょうから、番頭さん、ここは気にしないで行っておいでなさい」

お勝を促した。

「何も、御用の筋というほどのことじゃないんですが、ちと、込み入ってますんで」

作造は、吉之助に腰を折りながら、頭に手をやった。

根津権現社から不忍池の方へ南北に貫《つらぬ》く通りと、三浦坂から下った道が東西に貫いて交わり、四つ辻となっている。

根津権現門前町の自身番は、その四つ辻の東側にあり、『ごんげん長屋』の住人、治兵衛が番頭を務める足袋屋《たびや》『弥勒屋』の向かい側に位置していた。

お勝は、『岩木屋』をともに後にした作造から、

「この前、ちらっと話したと思うが、捨て子捜しをしていたどこかのお女中らしいお人から、相談をされちまったんだよ」

そう打ち明けられた。

しかも、その女中が話している内容が、お妙が捨て子として見つかったときの

状況とよく似ているのだとも、作造は道々お勝に告げていた。

柵《さく》に囲まれた自身番の表は玉砂利《たまじやり》が敷かれ、一角には町内の纏《まとい》が立てられていた。

お勝の先に立った作造は、玉砂利を踏んで上《あ》がり框《がまち》に近づくと、

「作造ですが」

閉められた障子の中に声を掛けた。

すぐに障子が開けられ、作造の下っ引きである久助が顔を出し、

「どうぞ」

お勝に軽く頭を下げた。

上がり框から作造に続いて畳の三畳間に入ると、町役人の伝兵衛と、その近くで膝を揃えている、四十半ばほどの武家の女中と思《おぼ》しき女が眼に入った。

伝兵衛は『ごんげん長屋』の大家ということもあり、持ち回りで自身番に詰めることもあるので、この場にいることになんの不思議もなかった。

「こちらが、さっき話した『ごんげん長屋』のお勝さんですよ」

作造が、四十半ばほどの女中と思しき女にお勝を引き合わせると、その女を指し示し、

「こちらは」

「わたしは牧《まき》といいまして、家名は申せぬが、さる旗本家お屋敷の奥向きで女中を務める者です」

女中は、気が逸《はや》っているのか、作造を遮《さえぎ》って自ら名乗った。

そして、

「こちらの町役人と御用を務めるこちらに聞いたところ、六年前、寺の山門に置かれた捨て子を引き取って育てているとのことですが」

お牧の不躾《ぶしつけ》な言葉に、お勝はただ黙って頷いた。

「その子を見つけたときの様子を聞きたい」

高飛車《たかびしゃ》なお牧の物言いに、

「さぁ、わたしは存じませんが」

お勝は、気のない返事をした。

「それは、お勝さんの言う通りでして。山門の下に置かれた乳飲み子を見つけたのは、寺の小僧なんでやすよ」

作造が、お勝に成り代わってお牧に言うと、

「その後、わたしら町役人と、お奉行所のお役人らで話し合い、この先、親が現

れないときは、お勝さんに引き取ってもらおうということになったんでございますよ」

伝兵衛がその当時のことを伝えた。

「こちらに引き取らせることになったのは、何ゆえか」

お牧の物言いには、依然として高慢《こうまん》な響きがあった。

「このお勝さんは独り身ながら、身寄りのない二人の子供を引き取って、立派に育てていたんですよ。そのことは、『ごんげん長屋』のみんなも町内の連中もよく知ってることでしてね」

作造がそう言うと、お牧は、小さくふうと息を洩《も》らした。

「あなた様がお捜しの乳飲み子というのは、あなた様のお子で？」

「な、何を申すか」

お牧は、お勝の問いかけに眼を吊り上げて声を荒らげた。

「わたしまでここに引っ張り出されたからには、お捜しのわけをお聞かせ願いとうございますが」

お勝はお牧の顔を注視した。

するとお牧はすっと眼を逸《そ》らし、思案でもするかのように虚空《こくう》を見やる。

「六年前、わたしはお家の奥方様に頼まれて、乳飲み子を谷中の寺の山門に、置き去りにしたのです」

思い切って話の口火を切ったお牧の声は掠れ、抑揚《よくよう》もなかったが、初めて己の心情を露《あら》わにしたように見受けられた。

「奥方様が婿《むこ》を迎えられたのは、八年前のことであった」

お牧は腹を括《くく》ったのか、話を続けた。

奥方が婿を迎えてから半年後の秋、夫である当主は、二条城門番頭《にじょうじょうもんばんがしら》として京都所司代《きょうとしょしだい》に赴任《ふにん》することになったという。

ところが、それから半年が過ぎた翌年の春、当主の留守中にもかかわらず、奥方が子を孕《はら》んだことが判明したのだ。

当主は赴任先の京から一度も江戸に帰ってきたことはなく、奥方の腹の子は不義の子であることは明白だった。長年お傍に仕《つか》える家老は、用人など一部の老臣と、身の回りの世話をするお牧ら女中など、ごくわずかな人員のみに知らせ、その他には洩れないよう箝口令《かんこうれい》を布《し》いた。

だが、奥方の腹が目立つようになると、奥方は病《やまい》の療養と称してわずかな供だけで屋敷を出て、鷹場《たかば》に近い三鷹《みたか》の別邸に移り住んだのである。

「そして、その年の冬、別邸で女児をお産みになりました」

お牧は声を掠れさせると、小さく息を吐いた。

しかし、乳飲み子を伴《ともな》って屋敷に戻るわけにはいかなかった。

家老などと善後策《ぜんごさく》を練ってはみたが、これという妙案は浮かばぬまま、時は移り翌年の秋を迎えることになった。

奥方とお牧は別邸で何度も話し合い、〈亡き者にするしかない〉とまで追いつめられた。

だが、安らかな寝顔を見せている子は殺せぬと泣く奥方を見て、

「わたしがどこかへ置き去りにしてまいります。そうしたら、奇特な人に拾われて生きながらえるということもございます。その方が、手に掛けるよりはよいかと思います」

そう申し出ると、奥方はお牧の案に頷いた。

そして、別邸を出て屋敷に戻る奥方と別れたお牧は、乳飲み子を入れた藁籠《わらかご》を抱き、捨て場所を求めて上野を目指した。

徳川《とくがわ》家の旗本というお家柄とすれば、将軍家にゆかりのある上野東叡山近辺に置き去りにした方がよいと思ったと、お牧は言う。

夜を待って上野近辺を歩いた末に、谷中のとある寺の山門の下に、女児を寝かした藁籠を置いたのである。

「その山門は楼門《ろうもん》のように大きく、雨風を避けられると思ったのです。子の寝ている籠には、奥方様自ら認《したた》められた書付と、金子《きんす》などを添えたのち、わたしは、振り返りもせず、急ぎ立ち去ったのでございます」

そのときのことを口にしたお牧は、手で口を押さえたが、嗚咽《おえつ》が洩れ出た。

しばらくして、落ち着きを取り戻すと、

「お殿様が赴任先の京から戻られたのは、翌年の冬でございました」

お牧は、さらに話を続けた。

それによると、殿様と奥方の間には、とうとう、子が出来ぬまま年月は過ぎ、昨秋、殿様は病がもとで息を引き取ったという。

「なるほど、それでやっと、大っぴらに捨てた子を捜しに来たというわけですか」

「それは違う。殿様の死を待ち望んでいたかのような口の利きようは、無礼千万」

お牧の怒声《どせい》を受けた作造は、慌《あわ》てて「はは」とひれ伏した。

ひとまず遠縁の旗本家の元服《げんぷく》したばかりの息子を養子として立て、跡を継《つ》がせることにしたという。

「奥方様は、不義の子とは申せ我が子であるから、なんとしても見つけ出して引き取り、ゆくゆくは養子である今の殿と娶《めあわ》せたいとお思いなのです」

お牧は奥方の思いを代弁したが、身勝手といえば身勝手な言い分である。

だがその一方、十六の年から、書院番頭を務める二千四百石取りの旗本、建部左京亮家の屋敷に女中奉公をしたことのあるお勝には、武家の苦衷《くちゅう》もわからなくはなかった。

「たしかに、お牧様が乳飲み子を置いた場所といい、藁の籠に寝かせたことといい、お妙ちゃんが見つかったときの様子に、どことなく似ているねぇ」

胸の前で腕を組んだ伝兵衛が、首を傾げたり天井を向いたりしながら呟くと、

「あなたが引き取った娘御《むすめご》は、お妙と名付けたのですか」

お牧の眼が、お勝に向いた。

「谷中の妙雲寺さんの山門の下に置かれていたと聞きましたので」

「みょう――」

お牧は、寺の名の一文字を小さく声に出すと、

「わたしが乳飲み子を入れた籠を置いた山門に掛かっていた木の板に、たしか、〈妙〉という一文字があったような。それも、寺の名の最初にその文字が」

お牧は思い出そうとして、しきりに首を捻《ひね》ったり、瞑目《めいもく》したりする。

「他に、なんていう字があったか、わかりませんか」

伝兵衛の問いかけに、

「月もなく暗かったうえに気も急《せ》いていて、ちゃんと確かめきれなかった」

お牧は悔《く》やむように吐き出した。

「仕事柄、谷中一帯もよく歩くのですが、〈妙〉という字のついたお寺はいくつもございます」

「はい。お勝さんの言う通りですよ。奉行所の御用を承《うけたまわ》るわたしらも、全部とは言いませんが、谷中のおおよその寺の名と場所は、頭に入っております。頭に〈妙〉のつく寺はというと、『妙雲寺』『妙福寺《みようふくじ》』『妙情寺《みようじようじ》』『妙伝寺《みようでんじ》』『妙行寺《みようぎようじ》』、三崎町には『妙法寺《みようほうじ》』『妙円寺《みようえんじ》』、感応寺の東には『妙陽寺《みようようじ》』、千駄木坂下には『妙林寺《みようりんじ》』もあります」

作造の口からそんな話が飛び出すと、お牧は両肩を落とし、微《かす》かにふうと息を吐いた。

「この自身番で扱った迷子や捨て子、親とはぐれた子供の数は、書付を調べてみればわかると思いますが、谷中のことをここで扱ったかどうかわかりませんな。

谷中の方のことも受け持っておいでの親分には、心当たりはありませんか」

「六年前の秋ねぇ」

作造は、伝兵衛に水を向けられると、軽く唸《うな》って思いを巡らせた。

「なんといっても覚えてるのは、お勝さんに引き取ってもらったお妙ちゃんのことだなぁ」

作造が呟くと、

「どうか一度、そのお妙という娘さんに会わせていただけませんか。顔を見れば奥方様に似た面差《おもざ》しがあるかもしれません」

お牧がお勝に向かって手をついた。

「それは、お断りいたします。お妙がお宅様のお家に関わりがあるのかどうかもわからないというのに、娘を人相改めのような場に連れ出すわけにはいきません」

お牧に向かって、お勝は毅然《きぜん》と言い放った。

するとお牧はがっくりと首を折った。

「乳飲み子を置いたという妙雲寺に行って、昔のことを聞いてみてはどうですかな」

「それが伝兵衛さん、その当時の妙雲寺住職は三年前に亡くなったし、朝早く乳飲み子を見つけた小僧さんは、去年、京の都《みやこ》の本山《ほんざん》に修行に行ってるんだよ」

そうは言ったものの、作造はふと首を傾げると、

「各町の自身番に日々の出来事を書き記す手控帖《てびかえちよう》があるし、寺にもたしか、帳面のようなもんがあるんじゃねぇのかね」

と呟いた。

「妙雲寺だけじゃなく、〈妙〉という字のついた寺に、谷中界隈《かいわい》の住職と親しいうちのご隠居から問い合わせてもらうという手もありますよ」

思いついたように口を開いたのは、伝兵衛だった。

「その、ご隠居というのは」

お牧の口から、鋭い声が飛び出した。

「谷中の料理屋『喜多村』の隠居ですが、わたしが大家を務めております『ごんげん長屋』とも呼ばれる『惣右衛門店』の家主なんでございますよ」

伝兵衛がお牧に向かって丁寧《ていねい》に返答すると、

「お勝さん母子は、その『ごんげん長屋』に住んでおいでてしてね」

作造がそう言い添えた。

その直後、お牧の鋭い眼が自分に向けられたことに、お勝は気づいた。

四

日が西に傾《かたむ》いた根津権現門前町の通りを、下駄の音を響かせたお勝が、お琴とともに足早に歩いていた。

目明かしの作造から声が掛かり、旗本家屋敷で女中を務めるお牧と顔を合わせたお勝は、町内の自身番を後にすると、すぐに『岩木屋』に戻っていた。

「おっ母さん、お妙が女の人に連れていかれそうだよ」

お琴が『岩木屋』に飛び込んできてそう叫んだのは、自身番から戻ったお勝が一息ついたばかりのときである。

「なんだって」

帳場を立ったお勝は、慶三に断って、お琴とともに表に飛び出した。

お琴がそろそろ夕餉の支度に取り掛かろうかと井戸で水を汲《く》んでいると、表通りの方から初老の女が現れて、

「お妙という娘のいる家はどこ」

とそう声を掛けた。

左の棟《むね》の三番目だと返事をすると、女はお勝の家に飛び込んでいった。
その直後、
「放せ」
お妙の叫ぶ声が響き渡り、女に腕を摑《つか》まれたお妙が路地に連れ出されたのだ
と、道を急ぎながら、お琴はお勝に伝えた。
お琴とお妙の悲鳴を聞いた彦次郎とお志麻やお啓が家から飛び出してきて、お
妙を女から引き離してくれた。そのことを確認して、お琴は『岩木屋』のお勝に
知らせに走ったのだった。
お勝がお琴とともに『ごんげん長屋』に駆けつけると、井戸端で、お啓とお志
麻と立ち話をしていたお富が、
「お勝さん、まったく、ひどい女がいたもんだよ」
いきなり怒りをぶちまけた。
「それで、その女の人はどうしたんだい」
お勝が尋ねると、彦次郎に連れられて、大家の伝兵衛の家にとどめられている
ということだった。
「だけど、お妙ちゃんをかどわかそうなんて、ひどい女だよ」

お啓が口を尖らせると、

「お妙ちゃんの名を口にしたようですけど、お勝さんも知ってる人なんですか」

お志麻はお勝にそう問いかけた。

こんな騒ぎを起こしてしまったうえは、もう正直に言うしかない。

「お琴、お妙の様子を見てきておくれ」

お勝はお琴に話を聞かれぬよう、先に家に戻るよう促した。

お妙を連れ出そうとしたのは、おそらく、旗本家の女中のお牧だろうと推量した。

そのお牧が、六年前に、仕える家の奥方の産んだ女児を寺に置き去りにしたのだが、今になって捜し始めた経緯について、お勝は大まかに伝えた。

「それじゃ、お妙ちゃんは、お旗本の姫様ってこと？」

お富が頭のてっぺんから声を出した。

「それはまだ、なんとも言えないんですよ」

そう口にしたお勝の眼に、家の中から、そっと路地に出てきたお妙の姿が映った。

「お琴、お妙と家の中で待っていておくれ」

お妙を追うように戸口から出てきたお琴に告げると、お勝は大家の伝兵衛の家へと足を向けた。

「勝です」

戸口で声を掛けると、返事を待つことなく戸を開けて、勝手知ったる伝兵衛の家の居間に上がった。

そこには、伝兵衛と長火鉢《ながひばち》を挟む形でお牧と彦次郎がいた。

「騒ぎのことは、お琴やお啓さんたちから聞きました」

お勝が膝を揃えて言うと、

「お勝さん、すまない。この人につけられてることに気づかず、ここに帰ってきてしまったんだよ」

伝兵衛は、渋い顔をしてお勝に小さく頭を下げた。

「謝ることはありませんよ。この辺りで『ごんげん長屋』はどこかと聞けば、後をつけなくても見つけたはずですから」

お勝はそう言うと、お牧の方に眼を移した。

すると、いきなりお牧が畳に両手をつき、

「谷中の寺々とお親しいというこちらの家主殿に、六年前、山門に置き去りにされた乳飲み子のその後について、急ぎ、調べをお願いしとうございます」

伝兵衛に向かって悲痛な声を発した。

「そのことは、今日にもご隠居に伝えるつもりですが、調べた末に事情がわかったときは、どちらにお知らせすればよろしいのでしょうか」

「それは」

返事に戸惑ったお牧は、

「明日から毎日、お屋敷の者をこちらに走らせ、進展具合を伺わせることにしとうございますが」

「承知しました」

伝兵衛が頷くと、

「お調べが済んだのちは、是非にも当家の奥方様をお連れするつもりですが、よろしゅうございますか」

お牧はお勝と伝兵衛の顔色を窺った。

「それはまぁ、そちら様のよろしいように」

伝兵衛の返答に異論はなく、お勝は小さく相槌を打った。

時候が夏になった根津、谷中一帯は、多くの行楽の人出が見受けられた。夕刻になって、岡場所の明かりが灯り始めると、色香《いろか》を求めて男どもが押しかけるのは、ほぼ連日のことである。

だが、このところは、寺社を詣《もう》でる信心者《しんじんしゃ》よりも、境内《けいだい》の庭を見て回ったり、花々を愛《め》でたりする行楽の人たちで、朝早くから賑《にぎ》わっているのだ。

料理屋『喜多村』は谷中善光寺坂の上方、谷中善光寺前町に暖簾を掛けていた。

その二階の一室に、『ごんげん長屋』の家主の惣右衛門と連《つら》なるようにお勝と作造が並んで座っており、その向かいに、二十五、六ほどの武家の奥方と思しき女がお牧を横に置いて座っている。

お勝たちが待つ部屋に入ってきた際、お牧は、

「志野《しの》様でございます」

奥方の名を一同に披露《ひろう》していた。

お牧が『ごんげん長屋』に乱入してから三日が経った四月十二日の昼である。

お牧が置き去りにした乳飲み子について調べを進めた惣右衛門も同席するというので、奥方が対面を申し出たのだった。

「できれば、対面の席にお妙殿をお連れしてほしい」

前日、お牧からそんな申し出があったのだが、それはお勝が受け入れなかった。

「さっそく、奥方様にお尋ねしますが、乳飲み子を入れた藁籠に添えたものは、なんでしたかな」

静かな口調で口火を切ったのは、惣右衛門だった。

志野はふと虚空に眼を向けると、

「子を見つけてくれた者への文《ふみ》と、金子を五両、それに、お守り代わりに黒漆《くろうるし》塗《ぬ》り鞘《さや》の小《ちい》さ刀《がたな》を」

思い起こすようにして、口にした。

「それは、お妙に添えられていた品々とは違います」

思わず口を開いたお勝は小首を傾げ、

「お妙を引き取る際、惣右衛門の旦那をはじめ、二人の町役人さん、それに作造親分から伺ったのは、妙雲寺の山門に置かれていた乳飲み子には、紙に包まれた二両と文が一通と聞いております。そしてその文には、手放す親がつけた名では可哀相だから、育ててくれる人に名付けてもらいたいと、そう認《したた》めてあったとい

「へぇ。その文は、あっしも眼を通しましたが、たしか、そういった内容でした」

控えめな物言いをした。

お勝の隣から、作造も口を挟んだ。

「いいえ、わたしは文に、娘の名はお耀《よう》だと書き記したと」

思わず声を発した志野が、途中で言葉を呑み込んだ。すると、

「と、いうことは」

お牧も、掠れた声を途中で呑み込んだ。

「ここに、谷中感応寺近くの、妙陽寺の最円《さいえん》和尚《おしよう》から借り受けたものがございます」

そう言いながら、持参していた風呂敷包《ふろしきづつ》みを眼の前に置いた惣右衛門は、風呂敷の結びを解いて、

「これは、六年前、妙陽寺の山門に置かれていた藁の籠に寝かされた乳飲み子に添えられていた品々だということです」

志野とお牧の方へ丁寧に押しやった。

「ひっ」

お牧が悲鳴に似た声を出すと、風呂敷に並んだ品々を見た志野が、愕然《がくぜん》と眼を見開いた。

「この包み紙には手つかずの五両がございます。その他に、一通の文、黒漆塗り鞘の小さ刀、南天《なんてん》模様の産着《うぶぎ》が」

惣右衛門が言い終わるや否《いな》や、志野は文をひったくるように摑んで広げ、食い入るように字面《じづら》を追った。

「この文は、お耀の籠にわたしが添えたものじゃ」

喉を締めつけるような声を発した志野は、文を自分の胸に押し当てた。

だがすぐに、

「それで、お耀はその後なんとしたのですか」

息も絶《た》え絶《だ》えに掠れ声を発した。

その声に、皆が惣右衛門の方に眼を向けた。

「最円和尚によれば、山門で見つかった乳飲み子は、四日目に命を落としたとのことでした」

惣右衛門の答えに、志野もお牧も凍りついたように固まった。

「乳飲み子は和尚の導きで手厚い弔《とむら》いを済ませた後、境内の奥の無縁墓に入れられていたそうです。その添えられていた品々も、寺の位牌堂《いはいどう》にずっと置いてくれていたそうですよ」

惣右衛門は静かに語り終えた。

「奥方様、申し訳ございません」

突然、大声を上げたお牧は、志野の正面に回り込むと、

「わたしが姫様を、夜風の当たる場所に置いたばかりに！」

平伏《へいふく》したまま、身をよじって詫《わ》びを口にしたが、その言葉は涙声に掻《か》き消された。

両手で顔を覆《おお》った志野からも、嗚咽が洩れ出た。

お勝は、廊下の障子が細く開けられたのに気づいた。

障子の細い隙間《すきま》には、廊下から部屋を窺うお琴とお妙の眼があった。

昼頃出掛けたお勝が、『岩木屋』に戻ったのは八つ半（午後三時頃）という頃おいだった。

帳場に着いていた吉之助に代わってお勝が机の前に座ると、

「昼過ぎにお琴ちゃんとお妙ちゃんが来たから、おっ母さんは善光寺坂の『喜多

村』に行ってると教えたけど」

「はい。それは、『喜多村』に現れた二人から聞きました」

お勝は、吉之助にそう返事をすると、

「旦那さんに、話しておきたいことがございます」

少し改まった。

そして、店を空けたお勝に代わって帳場に座っていてくれた吉之助に礼を述べると、料理屋『喜多村』に出掛けていった用件を、手短に伝えた。

「そうだったのか。いやぁ、気が揉めてたんだねぇ。お妙ちゃんがそのお旗本の姫様だったら、連れていかれるところだったわけだし」

「いいえ。たとえ姫様だったとしても、わたしは手放しませんでしたよ。子を一度捨てた罪は、そう簡単に拭《ぬぐ》えるもんじゃありませんよ」

笑みを交えてそう言ったが、それは確固たるお勝の信念だった。

「ところが、いささか、気の重いことにもなりまして」

そう洩らしたお勝は、苦笑いを浮かべた。

先刻、お琴とお妙が、『喜多村』の一室を覗《のぞ》いたとき、気づいた作造が「おや」と声を上げたのだ。

お勝は帰るよう、手を振ったが、

「まぁ、いいじゃないか」

気づいた惣右衛門にまでそう言われて、「お入り」と廊下の二人に声を掛けた。

お妙は恐る恐る部屋に入ったものの、お琴は、夕餉の支度があると言ってその場を去っていった。

「何ごとか」

志野がぽつりと口にすると、お牧は急ぎ膝を立てて奥方に耳打ちした。

すると、志野の眼が、お勝の横に座ったお妙に食い入るように注がれた。

しかし、志野もお牧も、お妙について何かを口にすることはなかった。

「妙陽寺の無縁墓を参りたいが」

『喜多村』から出たところで、志野が口を開いた。

すると、惣右衛門が妙陽寺への道案内を買って出、作造までお供すると言い出したのである。

その流れに、お勝も乗ることにした。

六年前の秋、谷中に置き去りにされた二人の乳飲み子のうち、お妙はお勝に引き取られて生き残り、もう一人のお耀は、見つかって四日目に命を落とした。

ひとつ間違えば、お妙も命を落としていたとも考えられ、お耀の死は他人事《ひとごと》とは思えなかった。

お勝はお妙を伴って妙陽寺の無縁墓の前に立ち、志野やお牧らとともに香《こう》を焚《た》いて、手を合わせたのである。

「お勝殿、こちらへ」

妙陽寺からの帰り際、お牧から鐘楼《しようろう》の陰に誘われたお勝は、

「奥方様が、ひと晩でよいから、お妙殿を屋敷に招きたいと申しておられるのだが、いかがであろうか」

そんな申し出をされた。

あまりのことに戸惑ったお勝は、

「申し訳ありませんが、どこのどなたかもわからないお方のお屋敷へなど、たとえひと晩でも、娘を一人で行かせるわけにはまいりません」

遠回しに拒《こば》んだ。

すると、

「当家は表五番町通《おもてごばんちようどお》り、今は、四千石の寄合《よりあい》旗本、内藤《ないとう》家です」

お牧の口から、大身《たいしん》の旗本家の家名が飛び出した。

そこまで打ち明けられたら拒むわけにもいかず、相手の招きを受けることにしたのだが、お妙にどう話をするか、それがお勝の気を重くしていたのである。

「まさか、行った先のお旗本が、お妙ちゃんを返さないとでも思っているんじゃあるまいね」

吉之助は笑ってそう言うが、お勝の腹の中では不安が渦巻《うずま》いていた。

「いくら天下の旗本とはいえ、人の子を奪ったりかどわかしたりすれば、お家断絶くらいの重い罰を蒙《こうむ》るはずだから、そんな馬鹿なまねはしませんよ」

吉之助の話に説得力はあったが、お勝の不安まで解消したわけではなかった。

日が雲に隠れたのか、明るかった店の外がにわかに翳《かげ》ってしまった。


夕餉の片付けをすっかり終えたお勝と子供たちは、ひとつの箱膳を囲んでいた。仕事帰りのお勝が、『岩木屋』にほど近いところにある菓子屋で買い求めた羊羹《ようかん》が四切れ、小皿に載せられて箱膳に並んでいる。

「さ、いただこう」

お勝が口を開くと、子供たちは、「いただきます」と声を揃えて羊羹をひと口かじった。

近隣から、言い争う男女の声や茶碗の割れる音などが届いている。

「昼間、お琴とお妙は、何か用があって『喜多村』に来たのかい」

お勝は、羊羹を嚙みながらさりげなく問いかけた。

「昼前、お妙と井戸端で洗濯物を取り込んでたら、お富さんとお啓さんが、この前長屋にやってきてお妙の腕を摑んだのは、お旗本のお屋敷のお女中らしいって言ったんだよ」

お琴の言ったことに、お妙は相槌を打った。

「もしかしたら、お妙は旗本のお姫様かもしれないなんてことも言うし、それでここに来たお女中を引き留めた大家さんに聞けばわかるかもしれないと思って」

「伝兵衛さんに何を聞いたんだい」

お勝は努めて穏やかに尋ねた。

「お妙がお旗本の姫様というのは、本当かどうかって。そしたら、大家さんは、そんなことまだわからないって言ってた。それについては、おっ母さんと惣右衛門さんが、今日、お旗本と話をすることになってるって」

「それで、『岩木屋』にわたしを訪ねていったのかい」

お勝の問いかけに、お琴とお妙は大きく頷いた。

「でも、今日妙陽寺にお参りに行って、お前がお旗本の娘じゃないってことははっきりしただろう」

「うん」

お勝が言うと、お妙は頷いた。

「さっきから、なんの話だよっ」

三人の話に加われなかった幸助が、羊羹を食べ終わるとすぐ、声を荒らげた。

すると、

「お旗本の奥方様やお女中から、お妙は、昔いなくなったお家のお姫様って間違えられた話よ」

お琴は、努めて陽気に、まるで笑い話のように仕立て上げ、幸助の不満を宥《なだ》めた。

「それでね、間違えたお詫びに、お妙をひと晩お屋敷に招きたいって、お女中のお牧さんにお寺で耳打ちされたんだけど、お妙はどうだい」

お勝は、お琴の陽気な声に便乗するように、笑顔で聞いてみた。

お妙は眼を丸くしてお勝を見た。

すると、ほんのわずか思案したのち、

「行きたい」

お妙は小さな声で答えた。

「ほんと」

お琴の口からは、不安げな声が洩れた。

「お妙お前、やっぱりここから出ていきたいんだな」

「幸助、何を言うんだい」

お勝が窘《たしな》めると、

「だってこの前、お妙は、こんなうちもう嫌だって言って、お琴姉ちゃんに叩かれたじゃないか。『ごんげん長屋』に住むのが嫌なんだよ」

「違う」

お妙は、幸助の発言に、小さな声で反発した。

「お妙はきっと、今日、妙陽寺のお墓の前で手を合わせていた奥方様の、子を失った悲しみがわかったんだよ。だから、奥方様の悲しみが少しでも和《やわ》らぐならと、そう思ったんじゃないのかい」

お勝の声に、お妙は黙って小さく頷いた。

五

表戸を閉めた『岩木屋』の帳場付近は、天井から吊られた八方《はっぽう》の明かりに照らされている。

その明かりの下、机に着いたお勝は帳面に書き込みをしていた。

明るいのは帳場の近辺だけで、土間や板張りの奥の方は薄暗い。

この数日の間に、お妙のことで飛び回ることが続いて帳場の仕事に皺寄《しわよ》せが来たため、昨日に続いて、店を閉めたあと居残りをして、滞《とどこお》っていた仕事の遅れを取り戻そうとしていた。

そのために、帰りが遅くなることはお琴たちに伝え、『ごんげん長屋』の住人たちには、「何かとよろしく」と挨拶をしていた。

静まり返った帳場に、上野東叡山の方から鐘《かね》の音が届きはじめた。

撞《つ》かれる鐘の音を数えることもなく、五つ（午後八時頃）だと気づいた。

六つ（午後六時頃）の鐘を聞いてから、おおよそ一刻（約二時間）が過ぎた頃おいだと察しはついている。

お勝が、寡婦《おんなやもめ》となった志野らとともに、谷中妙陽寺の無縁墓にお参りしてから三日が経った夜である。

昨日、寄合旗本の内藤家から使いが来て、お妙を屋敷に招く日はいつがよいかと問われたお勝は、

「明朝、五つ半（午前九時頃）」

と、返答していた。

つまり、今朝のことである。

おそらくお妙は、迎えに来たお牧らに伴われて、番町《ばんちょう》の屋敷に連れていかれたはずである。

お勝は、いつもの刻限に『ごんげん長屋』を出て、店を開ける四半刻前には『岩木屋』に着いていたから、お妙を見送ることはできなかった。

そのあたりの事情を主の吉之助に話せば、店を開ける刻限に遅れることは承知してくれたとは思う。

だが、お勝はあえて、この日のことは『岩木屋』の者たちには言わなかった。

内藤家に招かれていくお妙を見送りたくなかったというのが、お勝の本心である。

「お妙お前、やっぱりここから出ていきたいんだな」

幸助が口走った言葉が、お勝の耳に残っていた。

内藤家の奥方が、お妙をひと晩でもいいから屋敷に招きたいと言っていることを打ち明けた日の夜のことだった。

招きに応じると口にしたお妙に、家を出たいのだとか、『ごんげん長屋』が嫌になったに違いないと、怒りのようなものをぶつけた幸助は、

「向こうが、お妙を引き取りたいって言い出したらどうするんだよ」

と、悲痛な声を上げたのだ。

そのとき、お勝には返す言葉が見つからなかった。

内藤家からそんな申し出があっても断るつもりである。

だが、幸助が発した言葉に対し、お妙がそのときから今日まで、一言も『行くつもりはない』と口にしていないことが、お勝の不安を掻き立てていた。

『お宅には他に二人の子がいるのだから、一人くらい養女に出してもいいではないか』

そう申し入れられたとき、頑強に拒み通せるかどうかも、自信はなかった。

お勝は、迷いを抱えたままで、お妙を見送りたくなかったのだった。

「まだ残っているなら、明日に回してもいいんじゃないのかね」

奥から板張りに出てきた吉之助から、労《ねぎら》いの声が掛かった。

「ちょうど今、区切りがついたところでして」

お勝は硯箱に蓋《ふた》をすると、帳面を畳《たた》み、その上に算盤を置いた。

「うちで酒でもと誘いたいところだが、長屋には子供たちだけだし、早く帰ってやらないと可哀相だ」

「なぁに。可哀相ということはありませんがね」

お勝は、苦笑いを浮かべた。

「八方の明かりの始末はわたしがしますから、番頭さんは早くお帰りよ」

「それじゃ、お言葉に甘えまして」

お勝は帳場から腰を上げる。

「履物は裏かい」

「横の勝手口に」

「なんなら提灯を持ってお行きよ」

「いりませんよぉ」

お勝は笑って、虚空を叩いた。

「神主屋敷の道は暗いからさ」

「暗くっても、慣れた道ですから」

そう言うと、お勝は吉之助に一礼し、帳場の暖簾を割って奥へと向かった。

質舗『岩木屋』の台所近くの勝手口からは、大八車などを置いておく庭へと出られる。

その庭は、築山《つきやま》や池などを配したものではなく、餅搗《もちつ》き用の臼《うす》や杵《きね》、長持《ながもち》や簞《たん》笥《す》など損料《そんりょう》貸《が》しでかさばる品物を置いたり、修繕したりする場所である。

したがって、枯山水《かれさんすい》の庭というわけではなく、二十畳ほどのだだっ広い空き地と言う方が当たっている。

お勝は、勝手口から暗い庭に出た。

神主屋敷の塀《へい》に沿った道に出ると、やはり暗い。

根津権現社地にある神主屋敷はかなり広く、道は塀に沿うようにして根津宮永町の方へと延びている。

道の彼方《かなた》がほのかに明るいのは、妓楼《ぎろう》から洩れ出る明かりや道端の雪洞《ぼんぼり》のせいだと思われる。

お勝が十間《けん》（約十八メートル）ほど歩《ほ》を進めたとき、商家と商家の間の細い道から光の玉がふわりと現れた。

どきりとして足を止めるとすぐ、光の玉がぶら提灯の形をしていることに気づいた。お勝よりも小さな女の影に持たれている提灯の明かりが、お琴の顔を浮かび上がらせた。

「なんだい。脅《おど》かしに来たのかい」

思いがけないお琴の出現に、お勝は半ば真顔で声を尖らせた。

「迎えに来たの」

「ふぅん。送り提灯じゃなく、お迎《むか》え提灯《ちょうちん》ってわけだ」

お勝はふふと、声を上げて笑った。

「あのね」

お琴は小さく声を出したが、お勝は、

「歩こう」

お琴の手から提灯を取ると、ゆっくりと歩き出す。

「今朝、お妙のお迎えには誰が来たんだい」

「この前、『ごんげん長屋』に来たお女中さんと、お侍が二人、女中さんがあと二人」

「お妙は、どんな様子だったんだい。嬉しそうにしていたかい」

お勝は、何気なく問いかけた。

「なんだか、少し、不安そうだった」

「そりゃそうだろう。初めて他所《よそ》の家に泊まりに行くんだからね。それも、大身の旗本家のお屋敷だからねぇ」

そう言うと、お勝は一人合点《がてん》して、うんうんと頷いた。

「あのね」

お琴が小さく声を発したのと同時に、

「あれ？　怖がりの幸助が、一人長屋に残ってるのかい」

お勝の声が、お琴の声を押さえ込んでしまった。

「うん、そうだけど、あのね」

お琴が何か言いかけたとき、少し先の家の陰から、提灯がもうひとつ道に出てきた。

お勝とお琴が足を止めると、ふたつの小さな人影に持たれた提灯が、ゆっくりと近づいてくる。

提灯の明かりに浮かび上がったのは、幸助とお妙の顔である。

「お妙、お前――」

お勝は声を掠れさせた。

「あのね。夕方、お牧さんと荷物持ちの男の人に連れられて帰ってきたんだよ」

お琴の声に、お妙は小さく頷く。

「お菓子とか昆布《こんぶ》とか反物《たんもの》とか、いろいろ貰った」

そう言って笑みをこぼしたのは幸助である。

「その提灯は」

お勝が尋ねると、幸助が、

「暗い道もあるから、おれが彦次郎さんに借りた」

どうだと言わんばかりに、軽く胸を張った。

「蠟燭《ろうそく》がもったいないから、幸助の提灯は消すんだよ」

「え」

途端に、幸助は怯《おび》えた声を洩らした。

「たった四人じゃないか。ひとつの提灯でこと足りるよ。お琴」

お勝から声を掛けられたお琴は、幸助の手から提灯を受け取って、蠟燭の火を吹き消した。

辺りが少し暗くなると、お勝の持った提灯の周りに三人の子供が体を寄せた。

お勝がゆっくりと足を踏み出すと、四人がひとつの塊《かたまり》になって動き出す。

「おっ母さん」

しばらく歩いたところで、お妙が口を開いた。

「なんだい」

「わたしね、他所の家で寝るのが、少し、怖くなったんだよ」

小さな声だったが、お妙の声はお勝の耳にはっきりと届いた。

「やっぱりなぁ」

声を張り上げた幸助の顔に、怖がりは自分だけではないと知った喜びが広がっていた。

「そしたらもう、これからは、他所の家に一人では行かせないことにしようかねえ」

お勝はまるで、謡《うた》うような声を、夜空に向かって吐いた。

三人の子供たちは、神妙な顔つきになり、コクリと頷いた。

この作品は双葉文庫のために書き下ろされました。

双葉文庫

か-52-09

ごんげん長屋《ながや》つれづれ帖《ちよう》【四】
迎《むか》え提灯《ちようちん》

2022年3月13日　第1刷発行

【著者】
金子成人《かねこなりと》

©Narito Kaneko 2022
【発行者】
箕浦克史
【発行所】
株式会社双葉社
〒162-8540 東京都新宿区東五軒町3番28号
［電話］03-5261-4818（営業部）　03-5261-4833（編集部）
www.futabasha.co.jp（双葉社の書籍・コミックが買えます）
【印刷所】
中央精版印刷株式会社
【製本所】
中央精版印刷株式会社

【フォーマット・デザイン】
日下潤一

落丁・乱丁の場合は送料双葉社負担でお取り替えいたします。「製作部」宛にお送りください。ただし、古書店で購入したものについてはお取り替えできません。［電話］03-5261-4822（製作部）

定価はカバーに表示してあります。本書のコピー、スキャン、デジタル化等の無断複製・転載は著作権法上での例外を除き禁じられています。本書を代行業者等の第三者に依頼してスキャンやデジタル化することは、たとえ個人や家庭内での利用でも著作権法違反です。

ISBN978-4-575-67099-8 C0193
Printed in Japan

金子成人

ごんげん長屋つれづれ帖【一】
かみなりお勝
長編時代小説〈書き下ろし〉

根津権現門前町の裏店を舞台に、長屋の人情や親子の情をたっぷり描く、くすりと笑えてほろりと泣ける傑作人情シリーズ、注目の第一弾！

金子成人

ごんげん長屋つれづれ帖【二】
ゆく年に
長編時代小説〈書き下ろし〉

長屋の住人で、身重のおたかが倒れてしまった。周囲の世話でなんとか快方に向かうが、亭主の国松は意外な決断を下す。落涙必至の第二弾！

金子成人

ごんげん長屋つれづれ帖【三】
望郷の譜《ふ》
長編時代小説〈書き下ろし〉

長屋の住人たちを温かく見守る彦次郎とおよしの夫婦。穏やかな笑顔の裏には、哀しい過去が秘められていた。傑作人情シリーズ第三弾！

坂岡真

はぐれ又兵衛例繰控《れいくりびかえ》【一】
駆込み女
長編時代小説〈書き下ろし〉

南町の内勤与力、天下無双の影裁き！「はぐれ」と呼ばれる例繰方与力が頼れる相棒と悪党退治に乗りだす。令和最強の新シリーズ開幕！

坂岡真

はぐれ又兵衛例繰控《れいくりびかえ》【二】
鯖断《さばだ》ち
長編時代小説〈書き下ろし〉

長元坊に老婆殺しの疑いが掛かった。南町の協力を得られぬなか、窮地の友を救うべく奔走する又兵衛のまえに、大きな壁が立ちはだかる。

坂岡真
はぐれ又兵衛例繰控《れいくりびかえ》【三】
目白鮫《めじろざめ》
長編時代小説
〈書き下ろし〉
前夫との再会を機に姿を消した妻静香。捕縛した盗賊の疑惑の牢破り。すべての因縁に決着をつけるべく、又兵衛が決死の闘いに挑む。

坂岡真
はぐれ又兵衛例繰控《れいくりびかえ》【四】
密命にあらず
長編時代小説
〈書き下ろし〉
非業の死を遂げた父の事件の陰には思わぬ事実が隠されていた。父から受け継いだ宝刀和泉守兼定と矜持を携え、又兵衛が死地におもむく！

佐々木裕一
浪人若さま 新見左近 決定版【一】
闇の剣
長編時代小説
浪人姿で町へ出て許せぬ悪を成敗す。この男の正体はのちの名将軍徳川家宣。剣戟、恋、人情、そして勧善懲悪。傑作王道シリーズ決定版！

佐々木裕一
浪人若さま 新見左近 決定版【二】
雷神斬《らいじんぎ》り
長編時代小説
仇討ちの旅に出た弟子を捜しに江戸に来たという剣術道場のあるじと知り合った左近。事情を聞き、本懐を遂げさせるべく動くのだが――。

佐々木裕一
浪人若さま 新見左近 決定版【三】
おてんば姫の恋
長編時代小説
左近暗殺をくわだてる黒幕の正体がついに明らかに!? そして左近を討ち果たすべく、最強の敵が姿を現す！ 傑作シリーズ決定版第三弾!!